秋葉断層

佐々木譲

Joh Sasaki Akihabara Cold Case

文藝春秋

秋葉断層

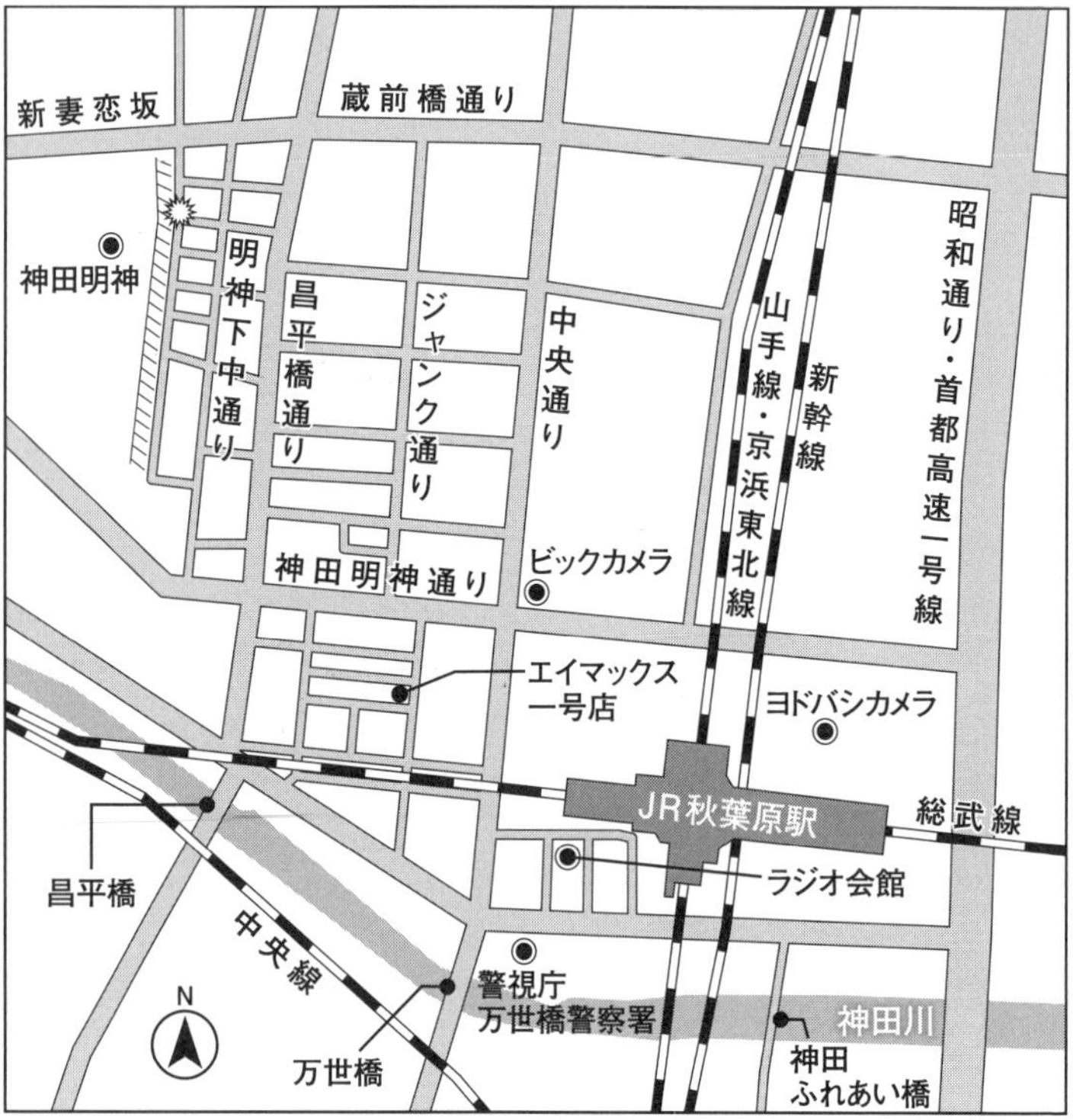

新妻恋坂
蔵前橋通り
神田明神
明神下中通り
昌平橋通り
ジャンク通り
中央通り
山手線・京浜東北線
新幹線
昭和通り・首都高速一号線
神田明神通り
ビックカメラ
エイマックス一号店
ヨドバシカメラ
JR秋葉原駅
総武線
ラジオ会館
昌平橋
中央線
警視庁万世橋警察署
万世橋
神田川
神田ふれあい橋
N

1

室長はこう伝えてきたのだった。

「万世橋《まんせいばし》署の事案だ。二十七年前に起こった轢《ひ》き逃げで、被害者は死亡。当時三十八歳の男性だった。未解決だ」

水戸部《みとべ》は一瞬思った。轢き逃げであれば、刑事事件を扱う特命捜査対策室ではなく、交通捜査課の担当ではないのか？

室長は続けた。

「きょう、いましがた、その轢き逃げは単純な交通事故ではなくて、強盗事件だったのではないかと、被害者の姉の女性が相談してきた。何か根拠になるものを持っているらしい。なんで、万世橋署の刑事課長からうちのほうに連絡があったんだ」

少し前に、水戸部の携帯電話に着信があったのだった。

ちょうど運転免許証の交付窓口の前にいたときだ。水戸部は窓口で新しい免許証を受け取ってから、その部屋の外の廊下に出てスマートフォンを取り出した。

所属する警視庁捜査一課特命捜査対策室の室長、吉田啓三《よしだけいぞう》からの電話だった。すぐにコールバックした。

「どこだ？」と吉田が訊《き》いた。

「神田《かんだ》です。内《うち》神田一丁目の」水戸部はビル名を答えた。警視庁の職員なら、だいたい意味は通じる。

吉田は思いがけないことを訊いてきた。

「捜査二課で何か？」

「あ、いえ」たしかにこのビルには、警視庁のいくつかの部署の分室がある。捜査二課も分室を持っていた。「交通課です。免許更新」

この免許更新手続きの件は、職場のホワイトボードに書き込んで出てきた。吉田は席に不在だったので、口頭での報告はしていなかった。

「そっちか。ちょうどいい」そうして、刑事事件の可能性の出てきた万世橋署の事案について、伝えてきたのだった。

「いま、その相談ごとに来た女性がいるんだが、万世橋署の捜査員と一緒に話を聞いてやってくれ。うちの事案のようであれば、やることになる」

うちの、つまり特命捜査対策室の事案、とは、再捜査が適当と判断される未解決事件ということとだ。いわゆるコールドケースとも言える事案だった。

「まだ判断がつかないようだが」と吉田が言う。「万世橋署からは、その可能性もあると言ってきた。何度も相手に足を運ばせるよりは、万世橋署の交通捜査係の捜査員と一緒に聞いて判断してほしいってことだった」

「室長の判断は？」

「水戸部の報告を待つ」

二十七年前の事案。特命で担当する最も古い事案ということになる。

二十七年前の轢き逃げ事案となると、それが刑事事件だったとしても、再捜査をしてみたところで、被疑者が存命かどうかは難しいところだろう。よくて被疑者死亡のまま送検、という処理だ。捜査員にとっては、モチベーションも上がりにくい事案ということになる。だからといって、平の捜査員に、それはやりたくありませんと拒むことができるわけではないが。

時計を見た。午前十一時三十分だ。

水戸部は言った。

「いまから向かいます」

通話を切ると、エレベーターで一階に降り、ビルが面している通りを東方向に向かって歩きだした。

万世橋警察署まで早足で十分だろうか。ＪＲの神田駅まで歩いて最寄り駅の秋葉原《あきはばら》はひと駅だ。電車を使っても、同じような時間はかかるだろう。

十一月もなかばである。気持ちのよい晴天の日が続いている。水戸部はいくらかカジュアルなジャケット姿だった。

警視庁万世橋警察署は、ＪＲ秋葉原駅に近く、ラジオ会館という有名なビルの南側、道路一本はさんだ位置にある。裏手が神田川だ。千代田《ちよだ》区のうち、おおまかに言って神田地区の一部が管轄地域になる。外《そと》神田にあたる秋葉原地区も管轄エリアである。

建物は、表からは七階部分までのガラス窓が目に入る。オフィスビルふうの建物で、ビルの最上階部分には、三重に帯が巻かれたようなふくらみの意匠がある。

刑事課のフロアに上がると、四十歳ぐらいかと見える長身の男が、水戸部を迎えてくれた。

「水戸部さん？」

「はい。特命捜査対策室です」

身分証明書を見せるよりも、名前を覚えてもらうためには名刺だ。水戸部は聞き込み用の名刺を渡した。

相手も同じように聞き込み用の名刺を渡してきた。

柿本邦雄《かきもとくにお》
万世橋署の交通課交通捜査係の巡査部長だった。短く刈った髪はごましお混じりだった。格闘技ではないスポーツをやっているような雰囲気がある。テニスとか、スキーとか。警視庁の警察官には、愛好者の少ない種目だが。

水戸部は言った。

「相談者、お待たせしてしまいましたね」

「いいえ。本庁の専門部署から刑事が来ますと言ったら、ちょっと用を足してくるといって出て、二、三分前に戻ってきたところです」

「地元のひと？」

「ええ。江間《えま》電気商会の常務さん」

そう言われてもわからなかった。有名な会社なのだろうか。秋葉原にある電器店では、いくつか水戸部にも思い出せる名はあるが。

案内されて会議室に入った。壁の一面が大きなガラス窓になっていて、刑事部屋全体が見渡せる。刑事部屋からも中の様子がわかる造りの部屋だ。

会議用テーブルの奥で、初老の女性が椅子に腰掛けている。姿勢のいい、細身の女性だった。紺のジャケットに白いシャツ、グレーのパンツ。この女性が江間電気の常務？　いま聞き違えたか？

女性の前には、白い紙があって、その上に紳士物の腕時計が置かれている。

「江間さん」と柿本が女性に呼びかけた。「本庁の水戸部さん。こういう事案の専門家です」

江間と呼ばれた女性が立ち上がり、ていねいに頭を下げてきた。

「お世話になります。もしかすると、考え過ぎなのかもしれないんですが」

落ち着いた、大人の声だ。

彼女も名刺を水戸部に渡してきた。

江間美知子《みちこ》
肩書はこうだ。

(株)エイマックス　常務取締役
エイマックスという店の名なら知っている。秋葉原にいくつかスマートフォンとかパソコン関係の店舗を持っているはずだ。中央通りにビルを持つような規模ではないが、たぶん秋葉原の中堅どころだ。昨日やきょう創業の店でもないのではないか。でも地元では、いま柿本が口にしたように、江間電気の名で通っているのだろう。

水戸部も名刺を渡した。

美知子は柿本の勧めで腰を下ろし直すと、水戸部をまっすぐに見つめてきた。

「昨日、秋葉原の知り合いの質屋さんから連絡がありまして、この時計を買い取ったのだけど、心当たりがあるかって」

美知子が時計をテーブルの上に滑らせてくる。白手袋の持参がない、と思ったが、必要ないと思い直して、じかにその時計を持ち上げた。柿本も止めなかった。彼ももうきっと一度手に取っているのだ。

ロンジンのダイバーズ・ウォッチだった。黒い文字盤で三針。時計のブランドについて詳しくはないが、高級だがロレックスほどではないはずだ。逆に言えば、換金性は薄い商品だ。

柿本が横から言った。

「文字盤の裏に、ネームが彫《ほ》り込んであるんです」

裏を見た。漢字で名前が彫ってあった。

江間和則
その下に日付らしき英語とアラビア数字。

１９９７　Ａｐｒ．１
水戸部は時計から目を上げて美知子を見た。

「ご家族のものですか？」

美知子はうなずいた。

「弟です。わたしが、弟の常務就任を祝って贈ったものです。日付は、辞令の出た日です」

「盗まれたのでしょうか？」

「どういうひとが質屋に持ち込んだのかわかりませんが、弟はこの年の十月に轢き逃げで死んでいます。轢き逃げ犯はまだ見つかっていません」

水戸部はその時期が近いことに一瞬だけ驚いたが、表情には出さずに柿本を見た。

柿本が水戸部に言った。

「質屋には連絡ずみです。持ち込んだ人間の身分証明書もコピーしてある。盗品とは思えなかったので通報はしなかった、とのことです。ただ、地元の知り合いの名前が彫られていたんで、こちらの江間常務さんに連絡した。大事なものではないのかと」

美知子があとを引き取った。

「お店で見せてもらうと、たしかにわたしが贈ったものでした。お店が買い取った額で売ってもらって、もしや弟の轢き逃げ事件と何か関係があるのではないかと、きょうこうして相談に来たんです」

　柿本が付け加えた。

「こちらの江間さんが、遺失物としてこの時計について届けていました。二十七年前の届けなので、とうに盗品、遺失物の回復の時効は成立しています」

　二年で時効だ。質屋が美知子に売ったことは、違法ではない。

　さらに柿本が、情報をつけ加えてくれた。

「轢き逃げは、一九九七年の十月十三日。通行人からの通報が二十三時十三分。うちの署の管轄です。外神田二丁目。神田明神下《かんだみょうじんした》の通りになります」

「未解決とのことですが」

「ええ。いま確認しました。うちの交通捜査係の単独捜査だったようです。報告書もうちにある。いまは、情報待ちです」

　つまり担当者が名目上置かれているというだけだ。何かの偶然で重大情報が入るとか、関係者の出頭でもない限り、万世橋署交通捜査係が動くことはない。

「事件性については？」

「捜査は、事故事件両面でやったようです。まったく手がかりも出なかったのでしょう。九七年だと、いまと比べると交通捜査も科学的にはまだまだだったでしょうし」

　水戸部はまた美知子に顔を向けた。

「この時計が轢き逃げと関係があると、江間さんが考える理由について、お話しいただけますか？」

美知子は小さく、はい、とうなずいてから言った。

「弟が轢かれて、病院に駆《か》けつけたとき、所持品を見せられました。弟は腕時計をつけていませんでした。弟のバッグも見つかっていません。名刺入れとかＭＤプレーヤーが入っていたはずです。腕時計がこうして出てきたのだし、弟は強盗に襲《おそ》われたのではないでしょうか？」

「というと？」

「強盗に車で撥《は》ねられてから、倒れているところで持ち物を取られたんじゃないかと思うんです」

「強盗と、轢き逃げ犯は、同一人物とお考えなんですか？」

「素人《しろうと》の想像ですけど。もし別だとしたら、弟は先に強盗に遭《あ》って、そのあと轢き逃げされた。その場合は轢き逃げの被害者ってだけじゃなく、強盗事件の被害者でもあるということになりません？　ふたつの犯罪の被害者です」

時系列が美知子が最初に言ったとおりだったとすれば、法律上それは強盗ではなく窃盗犯ということになる。警察用語では、仮睡《かすい》狙いとか介抱盗《かいほうとう》だ。より重大なのは介抱盗よりも轢き逃げであるから、万世橋署の交通捜査係が捜査し、行き詰まって未解決事件のままとしているのだろうか。

美知子が二番目に言ったように、時系列が反対の可能性もある。まず強盗に襲われて倒れ、所持品を奪われた後に轢かれたかだ。

検案書の判断はどうだったのだろう。轢かれたのか、当てられたのか。強盗被害を示唆《しさ》する外傷はなかったのだろうか。どっちかの可能性はないとしての捜査だったはずではあるが。

水戸部は言った。

「ここの警察署の交通捜査係という担当部署は、弟さんが轢き逃げで亡くなったことを重視して、そちらの捜査に力を振り向けたのでしょうね。倒れている弟さんから、所持品を奪った者がいることは確かでしょう。腕時計までなくなっていたんですから。でも重要なのは、轢き逃げ犯を捕まえることとです」

「あのときは」美知子の口ぶりが少しだけ不満そうなものになった。「目撃者もいなくて、捜査が難航していると説明されました。でも逆に、轢き逃げの前に強盗事件が起こっていたんではありませんか？　その可能性は考えられませんか？」

柿本が言った。

「医師の検視では、弟さんの外傷は、車に撥ねられ、地面に倒れてできたものとわかっていますす」

「というと？」

「強盗に殴られたりしたような傷はなかったんです」

やはり当時の交通捜査係も、そこまでは確認していたのだ。

美知子が言った。

「強盗は必ず暴力をふるうものでしょうか。ナイフを持って脅《おど》せば、たいがいのひとは怯《おび》えて財布だって腕時計だって差し出すでしょう？　そういうのは強盗と言いません？」

「間違いなく強盗です。ひとを傷つけていなくても」

「だとすれば、その強盗たちは、そのあとの轢き逃げを目撃していないでしょうか。轢き逃げされた弟から奪ったのだとしても、時間の差はほんの少しですよね。どちらにしてもこの時計って、轢き逃げ犯を見つける手がかりになるんじゃありませんか？　持ち込んだひとが強盗だと言っているわけじゃありませんけど」

柿本が訊いた。

「弟さんに贈られたこの時計、間違いなくその日、弟さんが身につけられていたものでしょうか？」

美知子が首を傾《かし》げた。質問の意味がわからなかったようだ。

柿本が補足した。

「この時計はその日盗まれたものではなく、べつの日に誰かの手に渡っていたのかもしれません」

「あの日、連休明けの月曜日で、わたしは一号店で、当時は本店と言ってましたけど、本店で弟と立ち話をしています。そのとき、弟はシャツを腕まくりしていて、この時計をつけていたのをわたしは間違いなく見ています」

水戸部も訊いた。

「江間さんも、そのころはお店で働いていたのですか？」

「はい、子育ても一段落したところだったので、よく応援に駆り出されました。江間電気商会は、あのころは、家族経営の小さな電器ショップでした。いまだって、子供たちはみな店に出ます」

水戸部は、名刺に目を落とした。結婚している？　苗字は江間。弟も江間だ。美知子は婿《むこ》養子を取ったということだろうか。

美知子が察して言った。

「いいえ。お婿さんをもらったわけじゃありません。離婚して、旧姓に戻ったんです」

水戸部は訊いた。

「弟さんが亡くなったので、江間さんが常務になられたんですか？」

「いえ。弟が亡くなったのは二十……二十七年も前です。わたしは十五年くらい前から」

水戸部は弁解しつつ訊いた。

「わたしはいまここに着いたばかりで、当時の捜査報告書も目を通していないのですが、エイマックスさんは家族経営なのですね？」

「はい、一応は株式会社ですが、同族経営です」

「ご家族構成は、弟さんが亡くなった当時は、どのようなものだったのですか？」

美知子には、少し飽《あ》いてきている、という表情が現れた。当時から何度も訊かれたことなのかもしれない。

「うちは五人家族で、わたしがいちばん上の姉、弟がふたりいて、和則《かずのり》、つまり轢き逃げされた弟が上。その下に敏弘《としひろ》。いまの社長です。父が清一郎《せいいちろう》。当時は代表取締役社長でした。母はつね子《こ》。当時は専務です」

「いまはお父さまは、リタイア？」

「いえ。父はとうに、弟が死んで五年ぐらいで亡くなりました。和則が死んで、いちばん下の敏弘が常務になっていたのですが、父が死んだときに、敏弘が社長になって、母はそのまま、十五年くらい前に亡くなるまで専務でした」

「いまの専務さんは？」

「あの」美知子は言いにくそうに言った。「こういう質問って、捜査に役立つものなのですか？」

柿本が横から言った。

「水戸部刑事は、本庁の未解決事件の専門部署から応援に駆けつけてくれたんです。周辺情報をできるだけ頭に入れておきたいんです」

水戸部は美知子に微笑を向けた。

「このあと捜査報告書を読み込みますが、まずは基本情報だけでも。いまの専務さんはどなたなんですか？」

「父の弟、わたしの叔父《おじ》の子供ですね。やはり秋葉原で不動産の会社を持っているので、役員会に出席するだけですが」

「亡くなった弟さんのご家族は、江間電気とは無関係なのですね。いまも経営にもタッチしていない？」

「ええ」美知子は一瞬、目をテーブルの上に落とした。「弟、和則には家族はありませんでした」

「亡くなられたとき、三十八歳とのことでしたね？」

「はい」

家族経営の小企業で、常務の長男が三十八歳で独身？　さぞかし父親はやきもきしていたことだろう。

姉は、弟の常務就任祝いにロンジンを贈っていた。同族経営の企業家の姉弟のあいだでは、ふつうにあることなのだろうか。水戸部の感覚では、少し驚きであるが。

やはり捜査報告書を先に読むべきだったかもしれない。

そして、当時の捜査員、その報告書を書いた捜査員が存命であれば、話を聴かせてもらう必要があるようにも思う。もちろん、きょうのうちにその質屋に行って、質入れした男、いや女かもしれないが、に会う必要もある。

とりあえず、この江間美知子から詳しいことを訊く前に、時間が欲しい。

美知子が言った。

「つまらない情報でしたか？」

落胆した声だ。

水戸部は柿本に目を向けた。

柿本が美知子に言った。

「江間さん、こちらの水戸部というのはまだ事件について何も知らないので、いったんうちの署の記録などを読ませてから、あらためてお話を伺うというのはいかがでしょう。後日時間をとってもらえますか？」

美知子は少し安堵《あんど》したように言った。

「いつでも。わたしはずっと一号店の事務所にいます。訪ねてきていただければ。この時計はいかがしましょう」

「写真だけ撮らせてください」

柿本が、そのダイバーズ・ウォッチの表面と裏面をスマートフォンで撮影した。

「では後日、あらためて」

柿本が江間美知子をエレベーターまで送って、会議室に戻ってきた。

「どうです？」と柿本は、立ち上がっていた水戸部に訊いた。「特命の事案ですか？」

水戸部はうなずいた。

「時計の出所をたどるだけは、してみたほうがいいでしょうね。まさか強盗が、ネームが彫られた時計を質屋に持ち込むはずはないでしょうが」

「応援はありがたいです」

水戸部はスマートフォンを取り出して、室長の吉田に報告した。

「うちの事案の匂いはします」

吉田が訊いた。

「相談者は、どういう情報を持ってきたんだ？」

水戸部は江間美知子の話をざっと報告した。

聞き終えると室長は言った。

「遺失物が管内で出てくるとは珍しいな。秋葉原で完結してる事案ってことかな。だとしたら、かなりレアケースだ」

「入質した誰かは、秋葉原の轢き逃げとの関連なんて、夢にも考えていなかったんでしょうが」

「とにかく、うちの事案かどうか、確認できるところまでそっちを応援しろ。ひと区切りついたところで、そっちの課長と相談する」

通話を切ると、時計を見てから、柿本に言った。

「ちょうど昼です。三十分、わたしに捜査報告書を読ませてください。それから交替で食事。柿本さんにも報告書を読んでもらうのはどうでしょう？」

「そうですね。わたしも、江間さんがこの事案のことで突然相談に来たんで、あわてて捜査報告書の最初の部分だけ目を通したんです。これからきちんと読みます」

「失礼ですが、柿本さんがこちらの交通捜査課に異動されてきたのは、いつです？」

「もう一年ほど前になりますかね。その前は下谷《したや》署だったんです。やはり交通課。免許更新の窓口で」

ここに捜査係として赴任《ふにん》してきて一年、未解決の事案の捜査報告書を読んでいなかったというのが意外だった。どんな引き継ぎが行われたのだろう。万世橋署には、ほかにも重大な交通捜査の事案があったのだろうか。

少し長い時間、柿本を見つめてしまったかもしれない。

柿本は視線をそらして言った。

「でも二十七年前の轢き逃げでしょう。車両はもうとっくに廃車になってる。轢き逃げ犯をパクったところで、肝心の証拠はない。アリバイだって、崩すのは無理に近い。否認されたら終わりです。締め上げて自供させますか？」

水戸部は首を振って言った。

「冗談でも、言いたくない言葉ですね」

自分の声が少し低くなった。

柿本があわてて弁解した。

「本気じゃないですよ」

「とにかく報告書を丹念に読んで、報告書作成の捜査員の消息を調べて、情報の補足があれば聞く。それから質屋、轢き逃げ現場といきましょう」

「そうしましょう。報告書、こっちに持ってきます」

柿本は会議室を出ていった。

捜査報告書は、その轢き逃げ事案について、当時の万世橋署交通捜査係の板倉秀人《いたくらひでと》巡査部長の名でまとめられていた。

最初に事件の概要、捜査の経緯が記され、地図、現場検証の報告書、付属の写真、検視官の報告書と写真などが添付されている。

また情報提供者の証言、参考人の供述書などのオリジナルも綴《と》じられていた。

報告の最後は、綾瀬《あやせ》にあるタクシー会社のドライバーの証言だった。轢き逃げがあった直後に、現場近くを通行している。何も目撃してはいないという証言だった。日付は、事件からほぼ二年後である。万世橋署での組織的な捜査はそこで終わったのだ。以降は情報も入ってはいない。

柿本から聞いた情報も含めて、事案を整理すればこういうことだ。

一九九七年の十月十三日。二十三時十三分に、通行人から、ひとが倒れている、という一一九番通報があった。場所は外神田二丁目。神田明神下の、新妻恋坂《しんつまこいざか》から南に入った路地である。路地とはいえ、一方通行でもない区道で、新妻恋坂への出口から八メートルの場所にひとが倒れていた。

救急車の到着時刻は、二十三時十六分。通報者が現場にいて待っていた。消防の通信指令室から連絡を受けた万世橋署の地域課パトカーは、二十三時十八分に現場到着。

地域課警察官は、轢き逃げらしいと判断して、万世橋署に報告、交通課パトカーが相次いで到着した。

地域課警察官は、被害者の身元確認をしようとした。背広の上着左側内ポケットには、ルイ・ヴィトンの財布が入っていた。運転免許証、クレジットカードが二枚、銀行キャッシュカードが一枚、現金が五万二千円。内ポケットの蓋のボタンは留めてあった。右の内ポケットには携帯電話があった。

健康保険証に書かれていた勤め先が地元秋葉原であることから、交通課は直接勤め先の江間電気商会本店に向かい、周辺で江間電気関係者の連絡先を調べた。

被害者を収容した救急車は、十九分に現場から湯島《ゆしま》の東京医科歯科《とうきょういかしか》大学医学部附属病院に向かった。

交通捜査係も到着して、周辺で聞き込みを開始。近所の住人で、どんという衝突音を聞いた者がいた。時刻は二十三時十分から十三分くらいのあいだだ。

被害者の姉の岩橋《いわはし》美知子の電話番号がわかり、連絡。岩橋美知子は文京《ぶんきょう》区西片《にしかた》住まいで、二十三時四十五分に東京医科歯科大学病院に到着、被害者が弟の江間電気常務取締役、江間和則であることを確認した。

江間和則の死亡時刻は、日付が変わった十四日の零時十分である。

岩橋美知子は、被害者が腕時計をしていないこと、持ち歩いているバッグがないことを、交通捜査係に伝えている。

江間和則の住所は湯島三丁目の、新妻恋坂上にあるマンションだった。ひとり暮らしである。轢き逃げされた現場の路地は、被害者の毎日の通勤路だった。被害者は秋葉原の勤務先まで徒歩で通勤していた。

被害者はこの夜、二十二時五十五分まで勤務先の事務所にいた。個室ではなく、事務室の自分のデスクで仕事をしていて、まだ社員がふたり残っているときに退社した。退社時刻については、社員ふたりの証言。

この日も新妻恋坂の集合住宅まで、徒歩で帰った。

事故に遭ったのが、二十三時十三分前後。つまり、被害者は退社した後、ほとんど寄り道もせずに自宅に向かい、自宅の近所で轢き逃げに遭ったのだった。

被害者は通勤時、ルイ・ヴィトンのメッセンジャーバッグを持ち歩くのが習慣だった。小銭入れ、名刺入れ、ＭＤプレーヤー、小ぶりのヘッドフォンを入れていたという。このバッグは見つかっていないが、ヘッドフォンは現場で発見されている。轢き逃げされたとき、着用していたと思われる。衝撃で頭からはずれたのだろうと、報告者は解釈を記している。写真もあった。

そこまで読み進めて、水戸部は美知子の解釈について考えた。

まず強盗に遭い、時計とバッグを奪われた後に、轢き逃げされたという想像。

強盗がもしカネを出せと要求したのであれば、被害者はまず内ポケットに手を入れて、ボタンをはずそうとしただろう。でも、内ポケットのボタンは留められたままで、財布は残っていた。

バッグはない。腕時計もだ。しかし、現金の入った財布が残っていた以上、轢き逃げの前に強盗に遭ったという想像は成立しないのではないか。たぶん当時の交通捜査係もそう判断している。妥当だ。

では腕時計とバッグがなくなっている件はどう解釈するか。轢き逃げが起こったとき現場にいた何者かがバッグを盗み、腕時計もはずして奪ったか。一瞬のことだから、財布があるようだとわかっても、上着を広げ、内ポケットの留めボタンをはずして財布を引っ張り出す気持ちの余裕はなかった。ふだん着慣れていないジャケットの場合、本人でもボタンをはずすことに手間取ることがある。それよりは、倒れた男の手首の高級腕時計をはずしたほうが簡単だ。そう判断したのだろうか。

そうして、現場から一目散に逃げた。

轢き逃げに偶然遭遇して、短い時間でそれをやってのけるには、仮睡狙いとか介抱盗とかの経験がなければならないはずだ。ふつうの市民は、思いもつかないし、まず身体《からだ》が動かない。

当時交通捜査係も、そこまでは当然判断したはず。管内の常習犯や逮捕歴のある者を、轢き逃げ目撃の可能性があるとして洗ったことだろう。報告書に記載がないということは、その線では浮かぶ者がなかったということだ。

死体検案書では、被害者の死因は外傷性ショック死である。右腸骨、右大腿骨を中心に、身体に複雑性の骨折があった。自動車に撥ねられてできた傷の特徴を備えていた。後ろからの自動車の接近に気づき、振り向きかけたところで撥ねられたのだろうか。左手のひら、左肘、左頬骨、左頭部に打撲傷《だぼくしょう》があった。これらは倒れたときに、地面に打ちつけてできた傷との所見である。裂傷《れっしょう》、刺傷《ししょう》等は見当たらなかった。

アルコール、薬物等は検出されていない。胃の内容物は、二十時四十分から事務所で食べた弁当の中味と一致した。

発生時刻が深夜であったため、当夜の聞き込みは現場に出てきた住人や足を止めた通行人中心に行われた。轢き逃げの瞬間の目撃者はなく、不審と見える車の情報も出てはこなかった。事案発生直後に現場から徒歩で立ち去った者の目撃情報もない。

翌朝から、現場検証を再開。車は問題の路地を南から北に向けて走り、新妻恋坂に出る十五メートルほど手前の地点で被害者・江間和則を撥ねたと見られる。白い塗料片が発見されている。付近の住居、事業所に聞き込みを開始。事案発生時前後の目撃情報、不審者、不審車両を求めたが有力情報はなかった。

白い塗料片は、三菱《みつびし》のワゴン車のものと判明した。交通捜査係は、このワゴン車を轢き逃げ犯の乗った車とみて、まず現場周辺からこの所有者を探した。また周辺の監視カメラのデータを借り出して検証した。

該当する車が出てこないことから、警視庁は轢き逃げ発生からほぼ三週間後の十一月七日、神田警察署、上野《うえの》警察署の交通課に対して万世橋署の応援を指示した。捜査本部は設置されていない。

万世橋署は、目撃情報の提供を呼びかけるポスターを現場周辺に貼り、また立て看板を設置した。

十二月十日になって、墨田《すみだ》区の自営業者が所有するワゴン車が浮上した。二十三時三十分前に、上野駅前交差点を通過していた。所有者は車の所在を明らかにできなかった。この所有者を重要参考人と見て、万世橋署で任意出頭を求めて調べたが、ここでワゴン車を暴力団員に貸し出していたと供述した。自動車には撥ねた形跡はなく、所有者また暴力団員にアリバイがあった。轢き逃げ犯と断定するには至らなかった。

翌九八年三月になって、足立《あだち》区の自動車修理業者が白いワゴン車の修理をした、との匿名通報があった。ワゴン車はその後、オークションで秋田の中古自動車販売業者に売られた。捜査員を派遣して調べたが、このワゴン車も無関係だった。

さらに七月になったとき、秋葉原中央通りで、違法ドラッグの常習者が死者ふたりの出る交通事故を起こした。万世橋署の捜査体制は縮小され、その後、捜査は事実上、情報提供待ちの態勢となった。

そういう経緯で、この轢き逃げ事案は未解決のままだった。

報告書は、被害者・江間和則の属性、家族、交遊関係についても記述していた。

江間和則は、一九五九年生れ。死亡当時三十八歳。秋葉原の電気商、江間電気商会の社員。江間電気商会の経営者、江間清一郎の長男である。清一郎が妻つね子とのあいだにもうけた三人の子供のうちの二番目、長兄。

千代田区立芳林《ほうりん》小学校、私立上野学園中、高校を経て、私立工学院《こうがくいん》大学工学部電気工学科を卒業。卒業と同時に、父親が経営する江間電気商会に入社。

江間電気商会では、営業主任、営業課長、営業部長を経て、九七年四月から常務取締役だった。

普通自動車運転免許ほか、無線関連の資格もいくつも有している。

上野学園在学中は、管弦楽部に所属、ヴァイオリンを弾いた。死亡の直前まで（九七年三月末まで）、アマチュア演奏団体である千代田フェニックス管弦楽団のメンバーだった。

自宅は、文京区湯島三丁目……。新妻恋坂に面した集合住宅である。

被害者を中心にしての家族構成は、いましがた美知子が言っていたとおりだ。父は江間清一郎。

母親はつね子。姉が美知子（結婚して、岩橋姓）。弟が敏弘。被害者本人は結婚していない。

捜査報告書には書かれていないが、父親の清一郎は、轢き逃げ発生から四年後の二〇〇一年に死亡。母も二〇〇八年の死亡である。

読み終えて、最後に水戸部はもう一度、添付されている被害者の、生前の写真を見た。

身分証明書とか、紹介文書などに載せるためのような、スーツを着たバストショットだ。

三十代前半と見える写真なので、亡くなる数年前に撮られたものを、被害者の家族から借りたのかもしれない。被害者が恨みを買うようなことはなかったか、交遊関係を調べる際に使ったのだろう。

逆三角形の顔だち。額が広く、顎《あご》が細い。脂気のない、やや長めの髪で、額にも少しかかっている。二重まぶたの、黒目がちの目と見える。細い鼻梁《びりょう》と、薄い唇《くちびる》。姉の美知子の面影がある。

秋葉原の電気商会の常務という肩書が、少しだけ似合わない雰囲気がある。店に値切りにやってくる客を相手に、この江間和則という男は、うまくやりあえたのだろうか。無線関連の資格をいくつか持っていたが、技師として紹介されれば、ぴったりという印象だったろうが。

ただ、逆に言えば、この写真で見る被害者は、清潔そうだし、誠実そうだった。秋葉原に青年会議所《JC》があるのかどうかは知らないが、そういう男性たちのあいだでもちょっと浮いていたのではないかと感じさせるものがある。もっと言ってしまえば、ひとに恨みを買って撥ねられるような男ではないと思えた。

もちろん写真の印象以上に根拠のないことであるが、最初から万世橋署はこの轢き逃げを刑事事案とはみなさずに捜査した様子なのも、わからないではない。

もう一度メモを読み直しながら報告書を読んで、十二時三十七分になったところで、ホルダーを閉じた。

柿本が会議室に戻ってきた。

「何か面白い情報でも？」

「いえ、とくには」と水戸部は答えた。「これは捜査報告書のダイジェストでしょうしね。いろいろ仮説も出たでしょうけど、仮説が成立しないとわかった時点で、報告書には書かれなかった。多少仮説が濃厚だった部分については、結論まで書いてあるけれども」

「つまり本庁でやっても、解決はしないと」

柿本が、この事案を万世橋署から本庁の特命捜査対策室に持っていってほしいのか、その逆なのか、よくわからなかった。通常は、難事件、つまり重大事案であれば、自分たちの手柄にすることを望むものだが、手柄になる見込みがなければ、放棄したいと考えるだろう。

「そうは言っていません。時間は、おっしゃるとおり、解決を難しくしていますけどもね。じゃ」水戸部は立ち上がった。「昼飯を食べてきます。午後一《ごごいち》から、まず質屋に行きましょう」

万世橋署から秋葉原駅の電気街口方向へと歩き、猛烈に混んだカレー店でランチとした。

店を出たところで、室長から電話があった。

「いまどこだ？」

「万世橋署の近くです。昼飯を食べていました」

「いま、万世橋署長から要請があった。この事案、万世橋署交通捜査係と、本庁特命捜査対策室との合同捜査にしてくれないか、とのことだ。ずっと捜査は継続してきたし、なんとか解決には万世橋署の力もあったと、記録に残したいとのことだ」

署を出ているあいだに、柿本と署長とのあいだで何やら打ち合わせが行われたのだろう。合同捜査となったところで、万世橋署はあの柿本のほかに捜査員を増やしてくるつもりはないだろうが。

万世橋署の会議室に戻ると、柿本と交通課の課長・広上《ひろかみ》がふたりで入ってきた。広上から、いま水戸部が室長から聞いたことを伝えられた。

「そういうわけで」と広上が水戸部に言った。「うちとしても、全力で特命の捜査を支えますよ。この会議室を、当面の合同捜査班の部屋として使ってください。電話も入れます」

水戸部は頭を下げてから言った。

「捜査報告書を書いた、板倉秀人巡査部長は、いまどこにいるかご存じですか？」

「二十七年前の？」

「ええ」

警視庁を退職している可能性は高いが、話を聞かねばならなかった。警視庁の人事課で、退職時までの連絡先はわかるはずだ。

「すぐに調べておきます」

柿本が水戸部に言った。

「まず質屋に当たってみましょう。質入れした人間から、二十七年前の目撃者がたどれるかもしれない」

水戸部はおおげさにうなずいた。

「ああ、なるほど」

交通課長が、よろしくと頭を下げて部屋を出ていった。

2

水戸部たちは、昼間の中央通りを西に渡った。

質屋は昌平《しょうへい》小学校の近くなのだという。昌平質店。いまの経営者は、浅見《あさみ》誠一《せいいち》という七十代の男とのことだ。

エイマックス一号店、かつての江間電気商会の本店は、署から昌平質店に行く途中という場所にある。中央通りから一本西側の通りでツクモパソコン本店、元の九十九《つくも》電機の並びに当たる場所だという。

柿本が歩きながら訊いてきた。

「水戸部さんは、秋葉原には土地勘は？」

「全然。ただ、数年前にメイド喫茶をいくつか当たったことはあります」

「何か買い物をしたこととか」

「警察学校入学までは仙台《せんだい》だったので、まったくないんですよね。話に聞きますけど、秋葉原が家電の街だったときも、パソコンの街だったときも知らない。メイド喫茶が増えて、オタクの街になってから、多少は」

「明神通りの無差別殺傷事件のときは？」

「あのときはまだ仙台でした。柿本さんは？」

「東京の男の子は、だいたい秋葉原に通って育つんです。ファミコン、フィギュア、メイド喫茶。喝上《かつあ》げもされて、大人になる」

「そういうものですか」

「そうらしいです。わたしは埼玉なので、よくは知らないんですが」

総武《そうぶ》線のガード沿いの通りに入った。歩行者専用道ではないが、ひとが道幅いっぱいに広がっている。車は入ってきていない。通行人のおよそ半分は、いわゆるオタク体型、オタクファッションの若い日本人だったけれども、外国人の姿も多い。白人、東アジア人、中東系か南米系かと見える人々。観光客だ。いや、買い物客というべきか。

最初の交差点を右折したところで、柿本が立ち止まった。

南北に、小さなビルが建ち並ぶ通りだ。左右とも、建物は四階建てか五階建てくらい。間口はせいぜい五間で、それ以下のビルもある。どのビルの壁面も窓も、広告や案内で埋められていた。業種はパソコン、パソコンの周辺機器を売る店、電気部品、フィギュアの小売り店とか模型店もあるようだ。買い取りの案内も目につく。メイド服とか、コミックの主人公のコスプレの若い女性も多い。通行人に声をかけながら、ビラを配っている。

柿本は、路地の途中にあるツクモパソコン本店を指差して言った。

「パソコンを自作してしまうようなマニアには有名な店ですよね。こういう店は、中央通りよりもこっち側に集中しています」

そして横にあるビルを指さした。

「エイマックス一号店」

水戸部はそのビルを見た。意外に間口の狭いビルだ。四間ほどだろうか。五階建てと見えるが、奥のほうはそれ以上なのかもしれない。エイマックスのショップ・カラーは黄色のようだ。ビルの壁面全体が黄色い。

柿本が言った。

「江間電気商会は、このあたりに何軒か店を持っています。戦後早い時代から、このあたりで商売をしていたようです。最初は廃品回収、それから雑貨を売り、家電を売るようになったらしいです。そのあとは時代に合わせて、扱う商品を広げていった」

「被害者の父親が初代なんですね？」

「いや、江間清一郎ってひとは二代目のはずです。だから、いまの社長が三代目」

「さすがにお詳しいんですね」

捜査報告書を読んでいなかったわりには、という皮肉のつもりもあった。

柿本は得意そうな顔となった。

「いやでも万世橋署の署員なら、この程度のことは耳に入ってきますよ。わたしは正直なところ、パソコンに興味もないし、ゲームもやらない。二〇〇〇年代の刑事なんで、このあたりの雰囲気はどうも苦手なんです。水戸部さんは、パソコンは？」

「いちおうは持っています。映画も、ネット配信で観ることが多くなったし」

柿本は南北の通りの右手側を示した。

「オウムがあんな大事件を起こす前は、このあたりにはオウムのパソコンを売る客引きがうるさかったそうです」

「マハーポーシャとかっていう店？」

その名前なら耳にしたことがある。

「そう。激安のパソコンの店を持っていた。理系の信者が多かったから、人件費や労賃ゼロで、オリジナルのパソコンを作れたんだそうです。安く売れるわけです」柿本はその場でぐるりと身体を一回転させた。「とにかくこのあたりの商売人は、目敏《めざと》いし、嗅覚が鋭いんです。次はこれがブームとなる、となればどんどん業態を変えてゆく。一年後には、この通りがどんなふうになっているのか、見当もつかない。エイマックス自体、次々と商売の主力を変えて生き残ってきたんです。もちろん専門分野でこれひと筋って店も、ないわけじゃないようですが」

「再開発のニュースも読みましたが」

「総武線沿いのエリアですね。タワーができるそうですが。そうなるとこっちの小さなビルが密集しているエリアでも、地上げが始まるのかもしれない」

　水戸部も周囲を見渡してから、柿本に訊いた。

「さっき喝上げの話が出ましたが、仮睡盗とか介抱盗とかの被害は多いところですか」

　柿本はきっぱりと首を振った。

「秋葉原には、泥酔して道に倒れるような酔っぱらいはいません」柿本は言い直した。「とても少ない。ここはでかい商業街ですけど、飲食業は少ないんです。買い物はしても、うまい飯を食うために来るところじゃない。ラーメン屋やカレー屋はあるけど、こじゃれたイタリアンも、評判の寿司屋もない。酒を飲ませる店も少ない。つまり、酔っぱらいが生まれないエリアなんです。新宿《しんじゅく》あたりとは違うところです」

「飲み屋はまったくない？」

「駅の東側には少しあるかな。西側の飲み屋でいちばん有名なのは、ラジオ会館地下のライオンです。だけど、あの店で泥酔するくらいに飲むのは難しいでしょう」

「チェーン店のライオンですか？」

　その看板はさっき見た。

「ええ」

　あの店で一次会をしたとして、二軒目三軒目とはしごできるだけの飲み屋が集中していないと、たしかに泥酔者は生まれにくいだろう。

「酔っぱらいはいない、というのは意外でした」

「駅のごく周辺にだけは、見ないでもないけど、あそこは最重点巡回地区ですからね」

となると、仮睡狙いや介抱盗の常習犯もいない。そういう犯罪者が猟場としている場所もないということになる。あの腕時計やバッグの紛失は、常習とは言えない犯罪者がたまたまやったことになるのか。現場は、たまたまそういう非常習性の犯罪者が行くようなところなのか？

柿本が歩き出した。

「質屋に行きましょう」

柿本の先導で、水戸部は神田明神通りを北に渡った。信号のない横断歩道があった。通りを渡り切って、正面の中通りに入った。

柿本が教えてくれた。

「ジャンク通りって道です」

「ジャンク屋が多かったんですか？」

「名残はあります。自作パソコンのパーツ屋とか、マハーポーシャみたいなノンブランドのパソコンを売ってる店もある。いまは、コスプレ店の客引きもこの通り、わんさか立ってる」

そのジャンク通りも、たしかにエイマックスのある通りと雰囲気はよく似ていた。ビルがより小さめで、人通りも少し少ないところが差異点か。

神田明神通りから三本北側の、百円ショップの角から左手の路地に折れた。電子機器修理の店を通り過ぎたところに、その質店はあった。木造の古い民家が店となっていた。

昔ながらの質店の看板の脇に、「ゲーム機、ゲームソフト買います」の案内も出ているところが秋葉原らしいだろうか。

　店のガラス戸から、中をのぞくことができた。カウンターがあって、その奥に小さく仕切られた商品棚。売り物が展示されているのだろうか。時計とバッグがほとんどのようだった。もちろん、奥には質草の広い保管庫があるのだろうが。

　一度警視庁の研修で、アメリカの犯罪事情の研修を受けたことがある。そのときの講師の話では、アメリカの質店ポウン・ショップは強盗によく襲われるので、カウンターの上には鉄格子があり、品物と現金のやりとりはその鉄格子ごしに行われるとのことだった。より物騒なエリアの質店は、鉄格子に防弾ガラスを組み合わせるのだとか。さすがに仮睡盗や介抱盗のいるこの日本でも、鉄格子のある質店はまだないと思うが。カウンターの向こうで、禿頭の初老の男が壁のテレビを観ている。店主の浅見誠一だろう。

　柿本が、自動のガラス戸を抜けて浅見に声をかけた。

「万世橋警察署の柿本です。今回は、ご協力をありがとうございました」

「ああ」と、浅見は立ち上がった。七十代と聞いたが、それも後半かもしれないという雰囲気だった。

　柿本は名刺を渡したが、水戸部のことは紹介しなかった。水戸部は身分証明書だけ見せて浅見に目礼した。

　浅見は、カウンターの後ろの引き出しから書類を取り出して、カウンターの上に置いた。

運転免許証のコピーだった。

柿本がその身分証明書を手に取って訊いた。

「常連かい?」

浅見が答えた。

「二度目だってことだった。三年くらい前にも来たということだけど、あたしは覚えていない」

「その手の男かい?」

窃盗常習者かと訊いたのだろう。

「いや」と浅見はきっぱり答えた。「本業はともかく、転売屋だね」

「どうしてわかる?」

浅見はネットオークションのサイトの名を出した。

「……なんかでジャンクの時計を安くまとめて買って、多少掃除したりしてまたネットで売っているらしい」

「元時計職人かね?」

「そういう技術があるわけじゃないと思う」

「どうしてここで売ったのかな」

「ネットでは、つけた値では売れなかったんだろう。腕時計は肌につけるものだし、ネーム入りの時計は、いやがるひとはいやがる」

「男でも?」

「男女あんまり関係ないよ」浅見は、腕時計の最強ブランドの名を口にした。暴力団員が非常時の換金用としても身につける商品。「……なら、見栄《みえ》で無理して使う男はいるかもしれないけど。それに本人は、秋葉原にはよく来ているようだった。売れなかったんで、てっとり早く質屋で、ってことだったんだろう」

「そのとき持ってきたのは、あの時計だけ？」

「ああ。すぐにでもカネにしたいって雰囲気だった」

水戸部は柿本からその運転免許証のコピーを受け取った。

近藤純二《こんどうじゅんじ》

昭和の生れだった。今年四十歳。

二十七年前は十三歳。介抱盗をやるには多少無理のある年齢だ。

免許は普通一種のみ。

住所は東京都墨田区だった。

写真は、長髪で、メガネをかけている。タイはつけていない。

転売屋。この男から果たして、二十七年前に被害者の手首からあの時計を盗んだ男までたどれるだろうか。

「電話番号は？」と柿本が訊いた。

浅見は男が書いた領収書のコピーを見せてきた。住所の下に、携帯電話の番号も記されている。

領収書の金額は、二万二千円。

水戸部は確認した。

「この金額で、江間美知子さんは買い取っていったんですね？」

「ああ。昨日、連絡したらすぐにやってきてくれて」

「この金額は相場でしょうか？」

「いや。ネーム入りとはいえ、そこさえ気にしない客なら、もっと出す。安いよ。だけど、この近藤って客はそれでいいって承知したんだ。ネットじゃ、もっとついているだろうな」

水戸部は浅見に、運転免許証と領収書のコピーの、さらにコピーを頼んだ。浅見はすぐに対応してくれた。

水戸部は訊いた。

「時計のネームを見て、エイマックスの常務さんの名前だとよくわかりましたね」

「まあね」浅見は言った。「地元のひとだし、すぐに気がつくさ。交通事故も、近所でのことだったし」

「轢き逃げ事件でしたけど、その後、地元では話題になっていたんですね？」

「ああ。清一郎さんも気の毒になあ、って話にはなった。二号店もできて商売も順調だったところに、あの災難だものなあ」

「お父さんも、ショックだったでしょうね」

「葬式に出たけど、憔悴《しょうすい》しきっていたな。息子さんも、もうじき結婚する予定だったし」

そのことは、捜査報告書には書かれていなかった。

「和則さんは、結婚の予定があったんですか？」

三十八歳の、それなりに成功した自営業者の長男となれば、結婚の話が出ていておかしくはない。三十年近く前だと、縁談が持ち込まれるというようなことはないかもしれないが、いい女性を紹介する、という程度の重さの話であれば、あったのではないか。

「ああ。たしか」浅見は何かを思い出そうとしているような顔になった。「いや、清一郎さんから聞いた話じゃないよ。なんとなく地元の商店主なんかのあいだで出た話じゃないかと思う」

「地元のひとたちはよく知っていた話なんですね？」

「よく知っていたかどうかはわからない。あたしは、耳にした。耳にしたような気がする」

さっき姉の美知子は、被害者の結婚の件については、何も言っていなかった。轢き逃げとは無関係の話題だったからか。それとも具体的な話ではなかったのか。浅見の言葉を考えると、根も葉もない話とも思えないが。あるいは、地元のお節介な連中のあいだで、あの息子さんもそろそろ身を固めてもいいころだと勝手に言っていたとか。

自動ドアが開いて、若い男が入ってきた。大きなトートバッグを抱えている。何か売るか預けに来たようだ。浅見が柿本を見た。

柿本が言った。

「ご協力、どうも」

質店を出たところで、柿本が訊いた。

「どうです。近藤純二は？」

水戸部は言った。

「当たりますけれども、まずは轢き逃げの現場へ。毎日決まった道を通って通勤していたとのことでしたね」

「歩いて十五分もかからないでしょうし、地下鉄に乗れるわけでもないので、同じ道になったでしょうね」

「いまのジャンク通りは、最短距離ですか？」

「わかりません。あの当時はメイド喫茶はなかったでしょうから、ジャンク通りを通ることも、あんまり面倒はなかったかもしれないですね」

「いまは違う？」

「わたしたちに客引きが声をかけてこないのは、デカの匂いがするからだと思いますよ」

質店の前から路地を西に抜けると、広い幹線道路に出た。車の通行量が多い。昌平橋通りだ。南方向に昌平橋がある。北に進めば不忍池《しのばずのいけ》にぶつかる。

柿本は昌平橋通りの東側の歩道を北に進み、区立住宅のビルの北の端で、横断歩道を西に渡った。

渡ったところで柿本は立ち止まり、上着のポケットから地図のコピーとメモを取り出して左右を見渡した。

「現場に行くには、少し南に戻って明神下・男坂《おとこざか》通りっていう路地に入るのと、戻らずに次の路地に入るのと、ふたつ考えられますね」

「近いのは？」

「先に行って左。この辺り、来たことはありますか？」

「いいえ」

「左手の丘の上に、神田明神があります。秋葉原の商店とかはみな氏子《うじこ》です。神田明神のある場所が、本郷《ほんごう》台地の端っこです」

「男坂って言うのは？」

「神田明神の境内に上ってゆける石段です。そう言えば、銭形平次《ぜにがたへいじ》って江戸時代の目明かしが住んでいたのも、このへんだそうです」

「実在のひとでした？」

「え？　あ、そうか。だけど、神田明神の境内には、銭形平次の石碑がありますよ」

「ホームズみたいなものですね」

柿本は答えずに、歩道を歩き出した。

柿本が、たぶんここを曲がるのが近道です、という路地に折れた。その路地の中も、住宅街というよりは、小規模事業の事務所が多いエリアとみえる。大きな集合住宅などは建っていない。

突き当たりまで出た。倉庫のような、あるいは車庫のような、シャッターの並ぶ建物がある。

そのすぐ後ろはもう崖か急斜面となっているようだ。本郷台地の端なのだろう。

柿本がその小さなT字路の真ん中に立って、周囲を見回してから言った。

「北に出ると、新妻恋坂ですね。被害者のマンションは、坂を左に折れてすぐ。坂に面したマンションです」

そのT字路から、新妻恋坂まで、五、六十メートルばかりとみえた。

T字路の左は、少し折れ曲がって、細い路地が南に延びている。一方通行でも不思議のない幅だけれども、路面の表示を見る限り、右手方向同様に一方通行ではなかった。

水戸部もメモを見ながら柿本に訊いた。

「撥ねられたのは?」

「こっちですね」

柿本が路地を新妻恋坂方向に歩いていく。路地の右側はオフィスビルで、シャッターが上げられた部分以外は、路地と建物とのあいだに隙間はない。もちろん歩道もないし、歩道を示す白線も引かれてはいなかった。

左側もオフィスビルが建っているが、道路部分とのあいだに多少の隙間がある。ひと通りはなかった。ジャンク通りとはまったく違って、静かな路地だった。

柿本が立ち止まって、路面を示した。

「ここですね。塗料片が落ちていたのは。ここで撥ねられた」

水戸部はそこに立って、路地をぐるりと見渡してみた。

夜、二十三時過ぎ、ドライバーはここでどのくらいのスピードを出せるだろう。前方を歩く歩行者に気づかないものだろうか。江間和則は、身体を右にひねりかけて撥ねられている。気づいたのだが、遅かった。逃げる暇はなかった。

ヘッドフォンの写真も思い出した。路面に落ちていたのだ。被害者はMDプレーヤーで音楽を聴きながら歩いていたのだろう。撥ねられる直前まで、車の音は聞こえなかったか。

水戸部は、地図のコピーを見ながら、江間和則が倒れていた場所まで歩いた。

捜査報告書では、塗料片が落ちていた位置から新妻恋坂寄り七メートルの場所がそこだとされている。図では、被害者は道路左側端に近い位置に、道路に対して頭を車の進行方向側に向けて倒れていた。身体の左側を下にしている。

道路の南側から北へ七メートルばかり飛ばされたことになるが、その距離であれば、極端にスピードを出した車に撥ねられたわけでもない。ひとは車の前面に当てられた場合、引っ掛けられたという程度の人身交通事故とは違って、市民が想像する以上に飛ぶ。捜査報告書では車の速度は推定されていなかったが、時速三十キロメートル以下ではありえない。

図面で、タイヤのブレーキ痕があるとされている位置は、被害者が倒れていた場所からさらに五メートルほど先、新妻恋坂にかかる位置だ。

添付されていた写真では、タイヤの痕は不鮮明だ。トレッドパターンは読み取れない。タイヤが古くて磨耗《まもう》していたか、急ブレーキの程度がさほど強くなかったのだ。

また、その位置から考えて、ひとを撥ねたのであわてて急ブレーキを踏んだ場所とまずは解釈もできる。しかし、新妻恋坂に出ようとして、車の通行があったので出るのを諦めた痕とも解釈できそうだった。

じっさい報告書は、そのブレーキ痕を、撥ねた車のものとは断定していなかった。ブレーキ痕から自動車を特定し、所有者やドライバーを突き止めたようでもない。こちらからの捜査は早々に行き詰まったのかもしれない。

水戸部は図面と現場を比較してから、柿本に訊いた。

「ブレーキ痕については、その自動車の特定はされていないようですが、無関係だとわかったということなのでしょうかね？」

水戸部のセクションでは、捜査報告書にはすべての可能性の吟味《ぎんみ》の結果も書くように指導されている。いや、それが捜査報告書の基本のはずだが、事案がさほど重大ではない場合、省略されることもないではない。この事案の場合は、捜査報告書の密度がやや薄いという印象を受けた。九七年の十月と言えば、オウムの地下鉄サリン事件からもう二年であり、捜査員の多くがオウム捜査に振り向けられていた時期ではないはずだが。

柿本に質問したところで、彼は事故発生時からの捜査担当ではないのだから、聞いてもあまり意味がないのかもしれない。しかし、当時の情報を教えてもらっているうちに、何かしらのヒントが見つかることがないでもない。水戸部のいまの質問は、答えを求めたというよりは、柿本のいま時点での捜査報告書の解釈を知りたいということでもあった。

柿本が答えた。

「書かれていない以上は、そうなんでしょうね」

たいして気にならないという口調だった。

しかたがない。自問自答を続けてみるか、と水戸部は諦めた。

まず、ブレーキ痕が撥ねた自動車のものではないと仮定したとする。となるとまず、車の運転者はひとを撥ねる瞬間まで、道を歩いているひとに気づいていなかった。江間和則を撥ねた後も、停まって被害者に駆け寄るかどうか、迷いもせずに現場から遠ざかったことになる。

轢き逃げ犯の中には、ひとを撥ねた瞬間に反射的にアクセルペダルを踏み込む者もいる。ひとを救助しなければ、とは思いもつかず、身体は逃げるほうへと反応してしまう種類の人間が。いわゆるパニック体質の人間だ。突然危機的な状況に遭遇したとき、合理的な判断ができずに身体が動いてしまう。何年か前の、港区で起こった死者三名の暴走事故も、運転者はブレーキペダルを踏んだら加速したと取調べでも公判でも主張した。でも、水戸部の推測では、最初のひとりを撥ねたときに、あの運転者は加速して逃げようとしたのだ。その結果さらにふたりが死んだ、という事故だ。もちろん当時の交通捜査係もそう読んだはずだが、証明はできなかったのだ。

逆に、瞬時に冷静に計算してその場から逃げようとするタイプの人間もいるだろう。このような場合、つまり目撃者もないような事故で、逃げたほうが合理的である、自分には利益がある、と信じてしまう。

また、事故を起こしたとき、身体がフリーズしてしまうタイプもあるという。車を停めることは停めるが、撥ねたひとを助けることはできない。身体が硬直して、じっとしている。なんとか車を降りても、呆然としているだけ。通行人なりほかのドライバーが駆け寄ってきて、ようやく我に返る。

この事案の場合、轢き逃げ犯はどのタイプだったのだろう。パニックで現場から逃げたのか、冷静に逃げることを選んだのか？　それとも停めることとさえ頭に浮かばなかったのか？　交通捜査の専門捜査員であれば、現場の状況と証拠品から、そのあたりを解釈する研修も受けているだろうが、残念なことにこの事案では、車もドライバーも特定できなかった。公判で事故の悪質性、道路交通法の救護義務違反を主張することはできなかったのだ。

新妻恋坂まで出た。この坂だけその名がついているが、蔵前橋《くらまえばし》通りの一部である。つまりかなりの幹線道路である。交通量も多かった。

柿本が歩道を坂上に歩きながら言った。

「そこに神田明神の境内に通じる路地があるんです。被害者のマンションはその斜め向かい、この先すぐです」

柿本は立ち止まって、通りの反対側、歩道に面して建つビルを指差した。

「住所はそこだけど、建て替えられたようですね。ここの以前のビルが、被害者の住所だった」

水戸部はいま一度、出てきた路地の出口方向に目をやった。たしかにいまの路地は、被害者が秋葉原の江間電気の本店から帰宅する最短ルートだろう。

新妻恋坂の坂上と下とを眺めていると、柿本が携帯電話を取り出して耳に当てた。

短く何度かうなずいている。

一分ほどで柿本は通話を切り、水戸部に言った。

「課長からでした。捜査報告書を書いた板倉さん、元気だそうです。頼めば、当時の話を聞かせてくれるでしょう。どうします？」

柿本に、水戸部は言った。

「会いましょう。伺いたいことはたくさんある。どちらにいるんです？」

赤羽《あかばね》の病院で薬をもらったところだという。なんなら秋葉原まで行ってもいいと言ってくれたそうだ。

「来ていただきましょう。万世橋署で会いますか？」

柿本が時計を見た。

「もう退職しているひとですからね。署に呼びつけるのもなんです。多少はお礼をしなきゃあならないし」

「たとえば？」

「寿司でも食べながら話を聞くのでは？」

「古い話とはいえ、捜査に関係する話をそういう場所でするのは。署に来ていただいて、寿司の出前を取るのはどうです？」

「出前はべつにしましょう」

水戸部たちは、ほぼ同じ道を通って、万世橋署まで戻った。


当時巡査部長だった板倉秀人は、七十七歳だった。その年齢から想像できるとおりの風貌であり、身のこなしだった。少し痩《や》せていて、猫背だ。メガネはかけていない。くすんだ色のジャケットに、コットンのパンツをはいていた。

彼は水戸部たちが自己紹介を終えると、すぐに聞いてきた。

「なんでまた、あの事案がいまになって」

柿本がざっと事情を伝えると、彼は納得したような顔になった。

「覚えているけど、被害者のあの姉さんって女性は、バッグと時計がない、これは強盗なんじゃないですかって、あの日病院でも言っていた」

水戸部は訊いた。

「板倉さんの判断は？」

「現金の入った財布が残っていたんだ。強盗の線は百パーセントないさ」

「時計と、ルイ・ヴィトンのバッグがなくなっていますが」

「バッグは拾われたのさ。現場に居合わせたホームレスか、そういうことに慣れた男に」

「あの場所は、そういう男か女なりがいる場所ですか？」

「秋葉原は、やっちゃ場もあったし、廃品回収のステーションもあった。おれが万世橋署に異動したときは、どっちももうなかったけど」

「廃品回収のステーション？」

「万世橋と昌平橋のあいだの神田川沿いだ。いま、区の清掃事務所のあるあたりがそうだった。時代は下っても、そういう土地柄だったんだよ」

「介抱盗とか仮睡狙いはいないとも聞きましたが」

「ほぼ三十年前の事案だぞ」

オタクと観光客であふれる現在とは、多少エリアの性格は違っていたということだろうか。

板倉は続けた。

「腕時計をはずして持っていくのも、内ポケットから財布を取り出すのも、同じような手間だ。慣れてる介抱盗なら、まず財布を取り出そうとする」

「となると、腕時計が消えていることの説明がつかなくなりますね」

「男が腕時計をはずす場合って、どんなときだ？」

質問の意味がよくわからなかったけれど、水戸部は答えた。

「眠るときですか？」

「風呂に入るとか、裸になるときとか、だろう」

サウナにでも寄ったと言っているのか？　いや、江間電気商会の本店を出た時刻は、ふたりの社員によって確認されている。事故の時刻の十五分ほど前に被害者は勤務先事務所を出ていた。多少タイムラグがあるにせよ、サウナに寄っている時間はなかったと思うが。

板倉が言った。

「姉さんは、時計がないと言っていた。日中、仕事場で、その時計をしていたのも見たと。だけど、帰宅するとき、あの現場でしていたかどうかはわからない。違う日との混同かもしれない。被害者はその日、会社のどこかに置いていったのかもしれない」

「会社では見つかっていたのですか？」

「いいや。探したかどうかもわからないな」

「亡くなったのですから、いつかはデスクとかロッカーを片づけたでしょう。自宅も」

「片づけたとして、見つかってはいなかったのさ。腕時計なら、何かに紛《まぎ》れることはある。電気屋の常務なら、いろんなガラクタ類も引き出しの中には入っていたろう」

「たとえば？」

「パソコン関連のコードとか器具とか、よくは知らないけど、いろいろつないで使う機械ってあるだろう。そういうもののことだ。机をリサイクル業者に売るとき、そういうものを入れっぱなしで出すってことはよくあるらしいし」

「お姉さんから贈られた時計は、大事なものでしょう。簡単に紛失するようなものではないですよね」

「あの夜に、介抱盗に持っていかれたと考えるよりは、べつの日に紛失したと考えるほうが自然だ。昼に会社で、被害者がしていた、というのは記憶違いだ」

水戸部は話題を変えた。

「きょう現場を見てきて、事故じゃなく、狙われて撥ねられた可能性もないではないなと感じました。そっちの方面からの捜査は行われました？」

「どうしてそう感じたんだ？」

「被害者の通勤径路が決まっていたこと。現場は、左右に逃げられない細い路地だったからということです」

「つまり、待ち伏せしての殺人だったと？」

板倉は柿本を見た。お前はどう思う、と訊いている顔だ。柿本は首を振った。わたしはそうは思わないと答えたのか？　それともわかりませんという意味か？

　板倉がまた水戸部に顔を向けて言った。

「一応は、その線も検討してみた。もし殺人だとしたなら、手口が鮮やかだ。ひとを撥ねて殺すことに、慣れてはいないまでも、ためらいがないやつだ。つまりその筋の者だ。だけど、被害者にはそっちのほうとトラブルになる理由がない。報告書読んだろう？　中高一貫校に行って、ヴァイオリンを弾く男だぞ。マル暴や反社とのトラブルなんて、考えられなかった」

　だからと言って、まったくないとは断言できないとは思ったが、水戸部はそれを口にせずに言った。

「でも、轢き逃げ犯はあの狭い路地で、かなりのスピードで新妻恋坂へと抜けている。前に歩行者がいるかどうかなんて、気にもせずにです。事故だとしたら、ちょっとだけ不自然にも感じるんです。ブレーキ痕も、轢き逃げ犯のものとは同定されていませんよね」

「秋葉原では、トラックで交差点に突っ込んで何人も撥ね殺した事案があったんだ。歩行者のことなど気にもせずにだ。水戸部さんは知らないかもしれないが」

　皮肉だろう。水戸部は言った。

「あの事案では、歩行者を気にしないというよりは、殺意を持って交差点に突っ込んだのでは？　公判でどう判断されたかはわかりませんが」

「あいつは撥ねて逃げるつもりもなかった。撥ねた相手には、あいつは何の殺意も持っていなかったさ。無差別殺傷事件、と言われる理由だ。この事案は性格がまるで違う」

そこで議論するのも無意味と思えた。水戸部はまた質問した。

「再開発をめぐって地上げのトラブルとかは？」

「江間電気のあのあたり、ずっと再開発なんてされないままだ。いまでもそうだろう？」

「トラブルの件は、周囲に当たったのですね？」

「ああ。何もない。トラブルもないし、ひとから恨みを買うような男じゃなかった」

「訊いたのは、どういったひとです？」

「家族。江間電気商会の従業員。親しい友達」

「友達？」

「小学校のころからの、地元の友達だ」

「報告書に名前は出てきました？」

「いいや。刑事事案の線ははやばやと消えたし」

「名前を覚えていますか？」

「ううん。思い出せないな。姉さんは知っていた。というか、姉さんから教えられた友達だった」

ふと思い出した。さっき柿本に案内されてエイマックスの本店の前を通ったときに教えられたこと。

「恨みを買うようなひとじゃないとのことでしたが、ビジネスではどうです？　轢き逃げの二年前まで、あの中通りには、オウムのマハーポーシャっていうパソコン安売りの客引きが出ていたはずですが」

　板倉は首を傾げた。

「営業妨害をされたとか、営業妨害だと抗議されたとか、そういうことか？」

「そういう話はありませんでした？」

「他人の店の前で客引きをやるなとは、あのあたりで店を持ってるところはみな抗議というか、苦情を言ったみたいだな。客引きたちに。だけど轢き逃げは、サリンの後、オウムが身動き取れなくなってからのことだ。完全な解散はまだ後のことだったけど、マハーポーシャの客引きはいなくなっていたぞ」

「被害者は、ビジネスでもトラブルなどはなかったんですね？」

「気になるようなことが出てきていれば、当然そっちも調べたろう。何もなかった。こっちは塗料片で三菱のワゴン車まで突き止めたし、ひとつひとつ潰していけば、轢き逃げ犯にたどり着くと確信していた。目撃者もいずれ出てくるだろうと思っていたんだ」

「塗料片が三菱のワゴン車のものだという鑑定は誤りでした？」

「わからん。売られた車をすべて当たることはできなかった。それでも六百台をリストアップして、四十台は所有者に当たった。首都圏の自動車修理工場に手配して、七台の修理情報については、工場まで出向いて確認した。おれは高崎《たかさき》まで行ったぞ。それでも、その夜の明神下の路地とつながる車は出てこなかった」

　柿本が口を開いた。

「塗料片の車が特定されて、事件とは無関係だとわかったというなら、科学鑑定自体は正確だったんでしょうが」

板倉はうなずいた。

「もしかしたら、まるで関係のない塗料片だったのかもしれない。だけど、そうなると、撥ねた車は何も現場に残していかなかったことになる。ふつうはひとを撥ねたら、何かしら残す。塗料片、ガラス片、プラのパーツの一部とか。あのとき、万世橋署の鑑識は、見落としたのかな」

「可能性はあります？」

「現場保存が、十分じゃなかったか」板倉は少し不安そうな顔となった。思い当たるようなことがあったのかもしれない。「あの晩は、昭和通りでも事故があった。人身事故じゃなかったけど、三台がからんだ事故で、珍しく振り回されたんだ。おれも昭和通りの現場からあっちに回った」

「鑑識の到着が遅れた？」

「現場の路地を通行止めにするのは、多少遅れた」

「通報から五分後ですよね、地域課の到着は？」

「交通課も行って、通行止めにしたのは、それからまた何分か後だ。救急車の来る前にも、何台か現場を通っていった車はあったんだ」

水戸部は板倉の言葉を吟味した。白い塗料片が事故車のものだという前提が誤りだったとすると、この事件で万世橋署はずいぶん頓珍漢《とんちんかん》な捜査をしたことになる。そうして、捜査が別方向に向かっていた数年間に、関係者、当事者、それに目撃者らの記憶はあやふやになり、かろうじて残っていたかもしれない証拠も消えてしまった。やはりこれは相当な難事件だったと思えてきた。

板倉が沈黙し、柿本もとくに質問しない。

ん、と水戸部はいぶかった。何か自分から言わねばならなかったか。

板倉が小さく鼻で笑ってから、水戸部に言った。

「病院にいるところに電話があったんだ。おれが担当した事案だし、とにかく協力しようと、赤羽駅までタクシーも使った。領収書はもらい忘れたけれどもな。いいんだ。退職して年金暮らしになろうと、警察官は警察官だ」

柿本が水戸部を見つめてくる。あなたが応《こた》えなければならない、と言っている顔だ。

寿司をごちそうするのか？　それともライオンでビールか？　いま五時前だろう。自分はまだ酒を飲むわけにはいかない。

水戸部は財布を取り出して、千円札を二枚取り出した。

「むき出しで失礼ですが、タクシー代ということで。ご協力ありがとうございました」

「あ、すまないな」と板倉は微笑した。「受け取り、書こうか？」

「あ、いえ、結構です」

板倉は千円札を自分の財布に収めると、立ち上がった。

「いつでも協力する。遠慮なく声をかけてくれ」

板倉は会議室を出ていった。

水戸部は、スマートフォンを取り出しながら言った。

「確認します」

電話した相手は、警視庁科学捜査研究所にいる中島翔太《なかじましょうた》だ。これまで何度か、彼の鑑定技術と分析力に世話になってきた。

化学分野のセクションの中堅どころである。

「久しぶり」と中島はいつもの調子で屈託なく言った。「いま大丈夫だ。どうぞ」

「古い轢き逃げ事案なんだ。特命でやるかどうかの検討段階なんだけど」

水戸部はこの事案が未解決となってしまった経緯について、ざっと説明した。

「……そのワゴン車を四十台まで絞ったのだけど、該当車は出なかった。科捜研の立場から見て、この捜査にどこかまずい点はあるか？」

「塗料片で、車種を絞りこんだんだな？」

「ああ」

日本国内で製造される自動車については、それぞれのメーカーから車種ごとの塗料の製品番号が科捜研に伝えられている。轢き逃げのような事案では、塗料片さえ見つかれば、車種の特定はさほど難しくはないはずだった。

中島が確認してきた。

「塗料片は、現場の路面で採取と言ったか？」

「捜査報告書ではそうだ」

「ああ」中島はすぐに思い当たったようだ。「被害者の身体や衣類に付着していたものではないんだな？」

「報告書には、そういう文言はなかった」

「で、車種がそのワゴンと特定されたと？」

「そう」

「そのワゴンってことは、現場系の事業者もよく使っているってことだ。少し中古になれば、こすったりぶつけたりは当たり前の使われ方をしているって想像できるよな」

「そういうものか？」

「そうだよ。何かの拍子で塗料が剝離《はくり》して落ちるくらいのことはある」

「つまり？」

「おれは、捜査報告書も鑑定報告書も読まないで、いまの水戸部の話からだけの印象で話しているぞ」

「わかっている」

「現場検証で採取した路面の塗料片は、轢き逃げとは無関係の車のものだったか、撥ねた車のものだったとして、廃車寸前の盗難車なんかを使ったか。それで、轢き逃げ犯にたどりつけなかった、って解釈はできるな」

　水戸部が中島の言葉を吟味していると、中島が訊いた。

「役に立ったか？」

「ああ、もちろんだ」

「再捜査ってことになって、捜査報告書と分析結果を読ませてもらえれば、また違った解釈を言えるかもしれない」

「そのときは頼む」

通話を終えると、柿本が訊いてきた。

「有益な情報でしたか？」

「ええ」水戸部は答えた。「三菱の白いワゴン車にこだわる必要はなくなった。収穫です」

次に、江間和則のネーム入り時計を質屋に持ち込んだ近藤純一という男と会わねばならない。

柿本に頼まず、水戸部は自分で電話した。

携帯電話の番号にかけると、すぐに相手は出た。

「はい？」いぶかしげな声。

「警視庁の者です。いま電話大丈夫ですか。昌平質店から番号を聞いて、お電話しました。少し協力をお願いできないかと思って」

「警視庁？」

「ええ。特命捜査対策室というセクションの水戸部と言います。平たく言うと、古い未解決事件を担当する部署なんですが」

「質屋っていうと、昨日売った時計のことですかね」

不安げな声だ。

「はい。あの時計、二十七年前に遺失物の届けが出ていたものなんです。裏のネームで、遺失物だとわかったんですが」

「盗品じゃありませんよ」と近藤は早口で弁解した。「まとめて買ったものの中に入っていた。ネットで売ろうとしたんだけどずっと売れなかったんで、昨日質屋に持っていったんです」

「古い遺失物ですから、二十七年のあいだに転々としたことは想像がつきます。近藤さんが入手した径路について、話を伺うことはできませんか？」

「その未解決事件って、殺人とかですか？」

「いえ。事件かどうかもまだよくわからない交通事故があったんです。撥ねられて亡くなったひとが、あの時計のネームにあった江間和則ってひとなんですよ。被害者が持っていた時計のようなんです」

「二十七年前の交通事故って言いました？」

「はい。九七年でした。平成九年」

「ぼくは十三歳です。運転免許は持っていない」

「わかります。入手の径路について、少しだけお話を伺うことはできますか？　たいした時間は取らないと思います」

「いつです？」

「よければ、今夜にでも。墨田区亀沢《かめざわ》にお住まいですよね？」

柿本が、えっ、という表情になった。彼はもうきょうの仕事は終わったという気になっていたようだ。

「ええ」

「お仕事は何時に終わります？」

「自営業なんで、あと三十分くらいで終わらせようと思ったら、終えられるんですけど」

「どんなお仕事です？」

「まあ、いろんな品をネットとかで売っているんです」

「事務所を訪ねてもかまいませんか？」

「事務所というか、ただの物置みたいなところですよ」

「かまいません」

近藤が、少しためらった。

「ええと、きょう中がいいんですか？」

「短時間で済むことですし」

「警視庁まで行くんですか？」

「いえ。秋葉原の交通事故だったので、いまわたしは万世橋署にいるんです。万世橋署はわかりますか？」

「昨日も秋葉《あきば》にいましたから。一時間くらいで、そちらに行けると思いますが、ぼく、何かの容疑者になってるってことはないですよね」

「全然ありません」

「違法行為はやっていませんよ」

「あの時計の情報を知りたいだけです」

「行きます。水戸部さんと言いました？」

「ええ。いらっしゃるまでお待ちしています」

通話を終えると、柿本が不安そうに訊いてきた。

「わたしも一緒にいたほうがいいんですよね？」

水戸部は言った。

「ご都合を聞かずに勝手に決めてしまって申し訳ありません。参考人ってわけでもないので、わたしが訊いておきますよ」

「いや、いいんですが。きょうはまだありますかね？」

「わたしは、轢き逃げ発生時刻のころの現場に行ってみるつもりです」

「十一時過ぎに？」

「その時刻の現場の様子を知りたいので」

「二十七年前とはずいぶん変わっていると思いますよ」

「いまの様子から類推することはできます。知っておく必要があります」

「わたしは、その」

柿本にみなまで言わせずに、水戸部は言った。

「柿本さんはもう当然、その時刻の現場はご存じでしょうから、わたしひとりが行きますよ。もうそろそろ退庁しても」

「いや、近藤の話だけは一緒に聞きましょう」

柿本はちょっと失礼と言って、会議室を出て行った。

水戸部もスマートフォンを取り出し、妻の美樹《みき》に電話した。この仕事を担当することになったと伝え、遅くなる、終電で帰る旨を告げてから、美樹に訊いた。

「ところで、男でルイ・ヴィトンのメッセンジャーバッグを持つ男って、お母さんはどんな男を想像する？」

水戸部は子供が生まれてからは、妻をお母さんと呼んでいるのだ。おおかたの日本の夫の習慣に従っている。妻も、子供が生まれてからは、それが自然だと思うようになっていた。

水戸部の問いに、美樹は即座に答えた。

「芸能マネージャーって感じがするけど」

「ふつうの男は持たないものかな？」

「警視庁に、ヴィトンを持った男の刑事さんはいる？　現場の警察官でもいいけど」

いる、とは答えられなかった。少なくとも自分は見たことはない。

通話を切ってから考えた。

江間和則は、芸能マネージャーが持つと似つかわしいようなバッグをふだん持ち歩く男だった。妻の感覚では、それは堅気《かたぎ》の勤め人というよりは、いくらか軟派な仕事をする男のブランド、ということなのだろう。

江間和則は、電気製品を扱う流通系企業の役員だった。本来ならあまりそのブランドは似合わないはずだ。

でも、と水戸部は考え直した。彼は中学高校時代は学校の管弦楽部員だった。同族企業の常務になる直前までは、アマチュア交響楽団に所属し、ヴァイオリンを弾いていたと捜査報告書にあった。そちらのプライベートな面を中心に考えれば、そのバッグを持つことはさほど合わないわけではなかったのかもしれない。演奏家ということは、いくらかは芸能人的な美意識を持っているとも想像できるのだから。

近藤純二がやってきたのは、午後の六時を過ぎたところだった。

小太りで、額を前髪で隠した男だった。派手な色のジャンパーを着て、ジーパン姿だ。リュックサックを背負っている。なんとなく、彼は秋葉原の街に溶け込むような雰囲気があった。

会議室に通されてきた近藤は、不安そうだった。ほんとうに何か犯罪の嫌疑をかけられないか心配しているようだった。

名刺にはこうある。

サイバーマーチャンダイザー
近藤純二
近藤は水戸部と柿本の真正面の椅子に腰掛け、テーブルの上で両手を組んだ。

「ほんとうにぼく、逮捕されるんじゃないんですよね」

柿本が少し脅すように言った。

「正直に話してもらえれば、心配ないです」

水戸部が言った。

「昨日、秋葉原の昌平質店で、ロンジンの時計を売りましたよね。あれはじつは、二十七年前に遺失届けが出ていた品なんです。持ち主の家族に返り、その家族から連絡があって、近藤さんの手に渡った経緯を聞きたいと思っている次第なんです」

近藤は、おそるおそるというように言った。

「遺失届けが出ていた品だとしても、そんな昔のことだし、ぼくは何も知りません。ぼくが盗んだとか、そういう話じゃないですよね？」

「違います。質店で売ったことについても、何も違法じゃありません。ただ近藤さんの手元にいつどんなふうに入ったか、それを知りたいんです。もしかすると、昔の交通事故の真相がわかるかもしれないんです」

「ぼくは、あの、いろんな商品を安く買っては、その価値がきちんとわかっているひとがいるチャンネルで売り直して、その差額で商売をしているんです」

「転売のようなことですね？」

「そうですね。古物商免許も持っています」

近藤は紺色のスマートフォンをテーブルの上に滑らせてきた。画面には、古物商許可証が出ている。近藤純二の名で、東京都公安委員会が発行している。水戸部は確認した上で、スマートフォンを押しやった。

近藤は続けた。

「ゲーム機なんかも、発売と同時に買って、プレミアがついているあいだに売る。これって、違法じゃないですよね。ダフ屋とは違いますんで」

「大丈夫です」

「違法なことはしません。そんな危険なことは」

「いろいろ扱っているんでしょうが、時計は？」

「時計については、昔ですけど」近藤は、よろず修繕引き受けのチェーン店の名を出した。「そこで働いたことがあって、多少いじれるし、目が利《き》くんです。バッグでも靴でもそうですけど」

「競争も激しい分野でしょう？」

「まあね。でも業者として、流通のルートも知っていますし」

「昨日は、質店に飛び込みであの時計を売ったみたいだったけど」

「よそで欲しいものが出たんです。現金が足りなくて、たまたまオークションでは落札されなかったあの時計を持っていたんで、二万ちょっとですけど、売ったんですよ」

「ちなみに、欲しかったものって何です？」

「万年筆です。モンブランがまとめて」

近藤はブランド名を言ったけれども、水戸部にはそれがどれほどの価値のあるものなのかわからなかった。

「遺品として出てきたものなんかは」と近藤はいくらか得意そうな声になった。「遺族は価値もろくに知らないんですよね。ぼくなら、きちんと相場で買取りしてくれる業者を知っている。手を出せる。昨日はひとつフィギュアを買い取って、そのあとに急に出てきた話なんで、とにかく現金を揃えて持っていく必要があって、あの時計を換金したんです」

クレジットカードは使えなかったのか、と疑問に思ったけれども、この手の商売ではほんとうに、わずかの現金が必要になるときがあるのだろう。自転車操業という言い方もできるが。

水戸部はスマートフォンで時計の写真を見せて訊いた。

「見覚えあります？」

近藤は裏面のネームを見て言った。

「ええ、昨日、昌平質店で買い取ってもらったものだ」

「どちらで、誰から手に入れたものです？」

「業者仲間です。たぶん十年くらい前に、まとめてジャンクの時計も含めて買い取った。そのときに、入ってた品だと思う。ちょっと確信はないけど、そのころはけっこう品物を動かしていましたから」

柿本が訊いた。

「故買屋《こばいや》？」

近藤は柿本に顔を向けて首を振った。

「まっとうな古物商ですよ」

「盗品は扱っていない？」

「ええと」近藤は一瞬言葉をつまらせた。「紛れこむことはあるでしょうけど」

水戸部は訊いた。

「この時計、ネーム入りであることは知っていました?」

「現物を見るときにチェックしましたよ」

「いくらで買い取ったんです?」

「まとめて買い取ったので、あのロンジン単体では値段はついていなかったな。ロンジンの中では普及品ですし、プレミアがついているわけでもない。あっちの業者も、コレクターには売れなかったんで、箱ごとまとめて、という売り方になったんだと思う」

「近藤さんが買った理由は?」

「まとめての値段が妥当だったからです。年寄りの古物商なら無理だけど、ぼくなら一品ずつネットで売って利益を出せましたから」

柿本が訊いた。

「ジャンクってことは、壊れて動かない時計ってことですよね」

「ええ。完全にだめってものもあるし、腕のある人間なら修理して使えるって品もある。古物商には専門分野があるし、ぼくは時計なら少しいじれる。ジャンクとして買って、オーバーホールして完動品としてネットで売ることもできる。バンドを替えて、見栄えよくして売ることもできる。ほんとうにジャンクの場合は、ジャンクだと書いて売ります。ジャンクなのに、意外に値のつく場合もある」

水戸部もまた質問した。

「ジャンク品は、修理できるようなひとが買うんですか？」

「いや、ほんとはジャンクじゃないんだろうと、勝手にいいほうに解釈する客もいるんです。バッテリー交換すれば動くんじゃないかとか。ぼくはジャンクだときちんと書いて売っているんだし、動かないじゃないかとクレームをつけてくる客はない。利益は薄いけど、ぼくはそういう小さな商《あきな》いを地道にやって食べているんです」

「その業者さん、名前、所在地、教えていただけますか」

近藤は困った顔になった。

「たぶんもう廃業しているはずです。あのころ、商売畳《たた》むんで、持ってけ処分みたいにして売り出していたんだから」

「当たってみますよ」

「年寄りだったから、まだ生きているかどうか」言いながら近藤はスマートフォンを取り出して画面をタッチした。「メモしてくれますか」

近藤は教えてくれた。

大西一郎《おおにしいちろう》
浅草橋《あさくさばし》に事務所があったという。

屋号は、マルヤ大西商店。

近藤は電話番号も教えてくれた。事務所の固定電話と、大西一郎の携帯電話。

水戸部は柿本に合図して、近藤を帰した。

柿本が言った。

「マルヤ大西商店、調べてみます」


柿本は五分後に部屋に戻ってきた。

「大西一郎って男、盗品等関与罪の有償譲り受けで二回逮捕されていますね。二度目は執行猶予つき二年の有罪判決。逮捕は十一年前です」

水戸部は柿本に言った。

「有罪判決を受けて、廃業を決めた、と想像できますね」

「ほんとに廃業してるかどうか、確かめます」

柿本が電話して、大西一郎は廃業していたとわかった。逮捕・起訴がきっかけで、古物商、じっさいは故買屋でもあった商売を辞めたのだという。固定電話はつながらなくなっていたが、携帯電話は通じた。

柿本が万世橋署交通捜査係と名乗り、電話した事情を伝えると、いくらでも協力するという。年齢はいま七十五歳で、健康だとのことだ。浅草橋の、以前商売をしていたエリアのアパートで暮らしているとのことだった。

柿本が、通話を中断して水戸部に訊いた。

「明日、午後にでも訪ねますか？」

「浅草橋なら、きょう、これからでもどうです？」

「きょう?」

柿本が頓狂《とんきょう》な声を出した。

水戸部はうなずいた。

「どっちみちわたしは、夜の十一時過ぎに現場を見ておくつもりなんです。大西さんには、わたしがひとりで会ってもかまいませんが」

柿本は言った。

「さすが特命捜査対策室です。勉強になります。一緒に行きますよ」

少し皮肉のこもった声と聞こえたが、無視した。


大西一郎が住むアパートは、総武線の浅草橋駅から五分ほどの距離、そろそろ再開発が話題になっているだろうと思える古い木造住宅が密集する一角だった。

戸をノックすると、大西は、部屋は狭いからと外に出てきた。無精髭《ぶしょうひげ》を伸ばしている。

「近くの居酒屋はどうかな?」

故買屋もやっていたと聞いていたから、目には少し小狡《こずる》そうな光があるように見えた。

柿本が、居酒屋で話をすることに同意し、大西が案内してくれた飲み屋へ向かった。行ってみると、店は路上にビールのコンテナを出していて、そこでも飲めるようになっている。テーブルと椅子の代わりのようだ。ひとの耳もあるし、水戸部はそのコンテナに向かい合って話を聞くことにした。柿本がさっとビール二本、それに枝豆を注文した。コップは三つ。もちろん水戸部は飲むつもりはなかった。

近藤純二という男が昨日秋葉原の質店に持ち込んだので出所がわかったと教えた。轢き逃げ事件のときに、被害者の腕から消えていたものだと。

「二十七年前？」大西はビールをふた口飲んでから、苦笑して言った。「いくらなんでも、そのころの記憶はないぞ」

「商売はしていたんですね？　古物商の許可は、昭和六十年のものでしたが」

「していた。この近所で店を開いていたんだ」

「倉庫もあったんですか？」

「倉庫が必要なほど大きなものは扱っていなかった」

「時計とか？」

「時計も含めて、小物のブランド品だな。バッグが多かった。もう時効だろうから正直なところも言えば、偽物も扱った。バブルのころは景気もよくてさ、香港《ホンコン》まで自分で偽ロレックスを仕入れに行ったこともある」

水戸部がスマートフォンを取り出して、問題の腕時計の写真を見せ、裏のネームの写真も見せた。

「近藤さんは、この時計を含めて、大西さんからまとめて買ったと言っているんですが、記憶にありますか？」

大西は少しのあいだ写真を見つめていた。答え方を吟味しているような表情と見えた。

「ああ、ある。この商売を辞めるときに、オークションにも持ち込まないで、手持ちの品を叩き売った。その中にこれがあった。覚えている」

「大西さんは、いつごろこれを誰から買ったか覚えていますか？」

「平成の九年か十年だな」

柿本が不思議そうに訊いた。

「そのころに買い取って、十年少し前まで手元に置いていたんですか？」

「自分で使ってた」と大西は柿本に答えた。

「ネーム入りだし、買い叩かれる。まずい品だったら、うちまでたどられて事情聴取される。脛《すね》に全然傷がないわけでもないし、調べられるのは困る。だったら自分で使うさ。五、六年、使ったと思うぞ。その日の気分で使っていた時計のひとつだった。そのうち、あまりしないようになって、気がついたら、死蔵品になってた」

また水戸部が訊いた。

「そのころの買い取り記録など、残っていますか？」

「商売を辞めて久しいよ。帳簿類なんてとっくにゴミに出した」

「帳簿はともかく、なんていうやつが持ち込んだか、覚えていません？」

「古い話だしなあ」

大西は手酌でビールをコップに注ぎ足した。

水戸部と柿本は、コップのビールには口をつけていない。

柿本が訊いた。

「何か取りましょうかね」

「いいのかい？　モツ煮込みと焼き鳥、食わしてもらえるかな」

柿本が注文すると、大西は答えた。

「あの当時、ときどきブランド品を持ち込んでくるワルがいた。まだ若いやつ、ふたりだ。ひとに紹介されて、買ってやることになった」

「歳は？」

「そのころ、二十歳をようやく過ぎたって子供さ」

「二十歳前後の子供が、ブランド品を？」

大西は真顔になって柿本に訊いた。

「二十五年以上も前なら、時効だよな」

「たいがいのことは」

「もし、もしだけど、それが喝上げで取り上げてきたような品だったら？」

水戸部が答えた。

「たぶん時効でしょう。その若い連中、喝上げの常習犯だったんですか？」

「よくはわからない。ブランド品のバッグとか時計とか、よく持ち込むようになった。ゲーム機もだ。ゲーム機は箱入りの新品が多かったと思うけど、ほかのものは新品じゃない」

「どうやって仕入れているかは、はっきりしていますね」

「おれはわからない。いちいち詮索《せんさく》しない。性善説に立ってやってる仕事なんだ」

「性善説ね」と柿本。

「犯罪がらみの品なんて持ち込むやつはいないって信じないと、できるものじゃないだろう。そいつらが持ち込んできた品の中に、この時計があった。ネーム入りだから覚えている。あのときは、ヴィトンのバッグも持ち込んできた」

ヴィトンのバッグ？　水戸部は柿本を見た。轢き逃げ現場から消えていたバッグだろうか。

大西が水戸部の表情に気づいたか、あわてて言った。

「時計にはネームもあるし、逆にやばい品じゃないと思ったんだ」

ものは言いようだ。

「ヴィトンのバッグはどんなものでした？」

「メンズだ。ショルダーバッグ」

江間美知子が言っていたバッグと同じものだろう。

「新品？」

「いや、中古だった。そっちはネームが入っているわけでもなかったし、すぐに売れたな」

「名前はどうです？」

「それが」

大西は、空を見上げて口を開けた。ほんとうに思い出せないという顔だ。

水戸部は訊いた。

「紹介してくれたっていう人物の名前でもわかれば」

「ああ。あいつなら覚えているか。そのワルたちを舎弟分にしていたんだ」

「暴力団？」

「ご大層なところのじゃない。ほんの小物だ」

柿本が訊いた。

「外神田の地回り？」

「いいや。こっちのほうだ。正確には新小岩《しんこいわ》だ」

水戸部はもう一度訊いた。

「名前は覚えていますよね」

大西は首を振って言った。

「一晩くれないか。なんとか思い出す」

柿本が言った。

「もったいつけないで、爺さん。もう思い出しているんだろう」

「いいや。顔は思い出せるんだけど、名前が出てこないんだ。ほんとうだ」

「うちが、新小岩で当たってみてもいいぞ。大西商店に盗品を売ってたチンピラを知らないかって。あのあたりの極道連中に」

「勘弁してくれ。この歳で、いまさら協力者《エス》になったとは思われたくない」

「だったら思い出しなよ」と、柿本の口調が少しこわもてになってきた。ただ、芝居臭さもある。

柿本は、事情聴取には慣れていないのだろう。もしかすると、刑事部門での取調べの経験は皆無なのかもしれない。

大西はそれでも、柿本に請うような顔を向けた。

「思い出す。ひとに当たるのも、おれがやるから」

「明日、何時まで待てばいい？　九時か？」

「無理だ。昼間までくれ」

水戸部は柿本にうなずいた。大西の言っていることが嘘とは感じられなかった。

居酒屋でも、水戸部は飲み代を支払った。これが必要経費として認められるかどうかは微妙だった。事案が、言ってみれば小さすぎる。事案解決の緊急性もない。誰もが警察に協力したがるような「話題性」にもとぼしい。

そもそも、かつて故買屋でもあった老人から必要な情報を聞き出すのに、警察手帳を提示するだけでは難しいご時世になっているのだ。相手は取調べにも、警察官のブラフにも慣れた、海千山千の男だ。協力が欲しければ、世間の常識に合わせた手続きと礼儀が必要だった。

まして所轄の捜査員である柿本の場合は、はたしてコーヒー代も認めてもらえるかどうか。きょうは、自分持ちでいい。これで二件目だが。本庁捜査一課の、特命捜査対策室の捜査員としての立場もある。所轄の捜査員に支払わせるわけにはゆかないのだ。

居酒屋を出てＪＲ総武線浅草橋の駅に向かっているとき、柿本が訊いてきた。

「このあとは、やっぱり現場ですか？」

「ええ」水戸部は答えた。「その時間の、現場がどうであったかを知っておきたいんです」

「二十七年前の轢き逃げです。現場には痕跡もありませんよ」

「報告書を読むだけではわからないものも、見えるはずです」

「深夜に行ったところで、さっき見た以上のものが見えますか。暗くなっているのに」

「何が見えて何が見えないのか、それを知ることは必要ですよ。難事件であればよけいに」

「とはいえ、腕時計が出てきたってだけで、再捜査するほどのことか、と感じるんですよ。正直に言えば。特命だって、本気では取り組む気はないんですよね？」

柿本の、この事案に対する熱意のなさが気になってきた。

たしかに室長は、特命事案だとは判断していない。最初は特命事案かどうか確かめろという内容だった。そのあと合同でやれという指示となったが、意味としては万世橋署の交通捜査係を少し応援してやれという程度だ。だから本来なら、柿本がもっと積極的に取り組んでくれてもいいのだが。

水戸部は言った。

「さっきの大西さんの話では、腕時計とバッグを持ち込んだ人間がわかりそうですよ。目撃者かもしれない男が」

「どうかな。あの年寄りは、わたしたちに酒をたかりたくて、覚えていると法螺《ほら》を吹いたのかもしれないじゃないですか」

「持ち込まれたことまでは認めているんです。接点はある。ほんとうに、紹介してくれた地回りと連絡が取れるかどうかはわからないにせよ」

「そのワルたちが何かを目撃していたとして、轢き逃げ犯にたどりつくのは、簡単じゃないような気がするなあ。言ってみれば、地取りと科学捜査でも駄目だったんですから」

「それを補う情報が出てくるかもしれない」

「水戸部さん、特命で解決した事案の中で、いちばん古いものはどれくらい時間が経っているものでした？」

「十七年かな」

「やっぱりそのあたりが限界ですよね」

「たまたまわたしには経験がないだけです。もっと古いものも、室《へや》では解決していますよ。わたしひとりでもかまわないんですが」

「ご一緒するつもりですよ。ここは、水戸部さんの指揮で、所轄のわたしが動くというかたちでやりますから」

いや、自分が万世橋署を応援します、と言いかけてやめた。この何歳か年上の捜査員が水戸部の指揮下に入ると言ってくれるのなら、それはありがたい。やりやすいのは確かだ。

秋葉原駅で下りていったん万世橋署に戻り、時間を見計らってまたエイマックス本店の方へと歩いた。午後遅い時刻の賑わいはもうすっかり消えていた。電器店をはじめ、このエリアの特徴的な商店はもう完全に閉店している。パソコン・ショップは七時か八時くらいまでは営業していたのかもしれないが、電気部品店や材料店など業者やプロ相手の店はたぶんもっと早い時刻に閉店していたに違いない。ぽつりぽつりとフィギュアとかを売る店が開いているようだ。メイド服の客引きも少ない。まったくいないわけではないが、午後に見た数とは段違いだ。そして、あらためて食事の店が少ないことに気づいた。飲み屋の看板もろくに目に入らない。隣接する神田駅周辺とは雰囲気がまるで違う。

二十七年前の当夜は、この本店前の通りやジャンク通りなどは、いまと大きく違っていたか。それともさして変わっていないのか。中心となる業態はずいぶん違っているはずだが。

水戸部たちは、昼間と同様にジャンク通りを進むと、こんどは昌平質店のある路地を通らず、昌平小学校の南の通りを歩いて、昌平橋通りに入った。昼間と同じ横断歩道を渡るのがやはり自然に思えた。

昌平橋通りは、ろくに開いている商店も事業所もない。ビルのほとんどはすべての窓から灯《あかり》が消えている。車の通行量は多かったが、歩道を通る通行人の姿は少なかった。

明神下中通りから、また神田明神の崖下の路地に向かった。もう通行人の姿はまったくない。集合住宅は建っているが、住宅街とは呼べない一角なのだ。コンビニの明かりもなかった。車の通行もない。

さっきも立ったT字路まで来て、水戸部は時計を見た。午後十一時五分になっていた。問題の轢き逃げの発生とほぼ同一時刻と言っていいだろう。

小さな交差点の中央に立って、新妻恋坂方向を見た。交差点には街灯があって、真っ暗ではない。

水戸部は周囲を見回してから、柿本に言った。

「わたしがここから新妻恋坂のほうに歩いて行きます。柿本さんは、この交差点のそっち側に立って」

水戸部は「く」の字のかたちに少しだけ折れた南側の路地を示した。

車がすれ違う余裕はないほどの道幅だけれど、その路地も一方通行ではなかった。むしろ路地から少し引っ込んでビルが建っている部分もあって、道路ではないのに、事実上道路のように広く使える部分もある。

「わたしが事故現場の先まで行くのを見ていてくれませんか？」

柿本が訊いた。

「見ているだけ？」

「ええ。すぐに戻ってきますので、次は交代して、柿本さんが新妻恋坂のほうに歩いて行ってください」

「いいですよ」

柿本が南側の路地へと歩いていった。

交差点から数メートルのところで柿本が立ち止まり、体を水戸部に向けた。水戸部は新妻恋坂へと向けてゆっくりと歩いた。靴音が意外に大きく響いた。

新妻恋坂まで出て、左右を見た。やはりこの時刻、車の通行量も減っている。坂下の交差点には商店とか事業所の看板の明かりが見えるけれども、坂の上のほうは事実上街灯の明かりしかない。

体の向きを変えて、水戸部はいまきた路地を戻った。

柿本が立っている位置まで歩くと、柿本に頼んだ。

「同じように歩いてもらえますか」

柿本が歩きだした。

水戸部の位置から見て、その路地は左手に曲がっている。柿本の姿が見えていたのは、交差点にいるあいだだけだ。新妻恋坂に出るまでは見ることはできなかった。

交差点を通って行くとき、柿本の姿ははっきりわかる。単なるひとの影ではなくて、柿本とわかるのだ。近さと、街灯の明るさのおかげで。

柿本が水戸部のもとまで戻って来て訊いた。

「何かわかりました？」

水戸部は答えた。

「ここにいると、交差点を通っていく柿本さんの姿がはっきり識別できる。被害者を撥ねたドライバーには、このあたりからでも、被害者の姿ははっきり見えていたはずですね」

「こうやって夜に来て思いますが、ドライバーは酒を飲んでいて、この通行の少ない路地を抜けようとしたのかもしれない。酒を飲んでいたら、果たしてきちんと被害者の姿が見えていたかどうか」

水戸部はうなずいて、路地の南側を指差した。

「こっちの路地を通って、神田明神通りに出てみましょう。秋葉原駅できょうは解散です」

水戸部たちは無言のままでその路地を南へ抜け、神田明神下交差点を抜けて、秋葉原駅の電気街側北口に出た。

改札口に向かいながら、水戸部たちは別れた。

3

午前十時に万世橋署のその会議室に入ると、もう柿本が来ていた。紙のコーヒーカップを手にしていた。

「大西からいましがた電話がありました。新小岩の年寄りの元ヤクザです」川崎光男《かわさきみつお》という名だという。「話を通しておいてくれたそうです。番号訊いてあります」

水戸部は訊いた。

「前科はどういうものが？」

「それが、いま見たけど、ないんです」

ということは、組でも下っ端で、粗暴でもなければ、商売っ気もない男ということか。

「元はどういう組だったんです？」

「テキ屋系でした」

ならばそういう元組員がいておかしくはない。

「もうリタイアしてるのかな」

「そんな言い方でした」

柿本がそれ以上言わないので、水戸部が言った。

「わたしが電話しますか」

柿本はうれしそうな顔になって、メモを渡してきた。

会議室の警察電話から、川崎光男に電話をかけた。

「川崎」とダミ声。不機嫌そうだ。

「警視庁の水戸部と言います。大西一郎さんから」

全部を言わないうちに、川崎は言った。

「そのころ、可愛がっていた若いモンのことだろ。ひとりは長いこと消息不明だけど、兄貴分だったほうはいま昭島《あきしま》にいる」

「昭島？」

「わかんねえのか。昭島の医療刑務所だ。末期ガンだそうだ。いいときに電話してきたぞ。ひと月あとなら、死んでる。いまならなんでも話すだろうから」

「名前はなんという男です？」

竹内圭作《たけうちけいさく》、と川崎が言った。

「その竹内は、まちがいなく大西一郎さんのところに、危ない品を持ち込んでいました？」

「おれが紹介してやったんだ。あのころからずっと、大西以外のところには持ち込んでいない。多少買値が安くても、安全第一だよ。警察のエスになってるような業者とは取引きさせない。大西が店畳んでしまってから、竹内も盗品の足がついてパクられたんだ。前科のひとつ目はそうだった」

「竹内が収監された罪名はなんでしょう」

「窃盗。高級車専門にやってた。懲役三年六カ月だった」


二時間後には、水戸部と柿本は昭島の医療刑務所にいた。

事前に万世橋署の交通課課長から電話を入れてもらっていたおかげで、事情聴取の手続きは簡単に済んだ。

担当の医師は六十歳前後かと見える年齢だった。その医師が言った。

「聴取は、十五分で終わらせていただけますか？」

「そのようにします」水戸部は応えた。「会話は可能なのですね？」

「意識は清明です。ろれつはときどき怪しいけれども、会話はできます」

「記憶のほうは、どうでしょう。昔のことは」

「さあ、それは。記憶の濃淡はあるかと思いますが」

刑務官の制服を着た職員ふたりに案内されて病棟の三階に上がった。竹内圭作という受刑者は、廊下の奥の重症患者用の個室の病室に入院中だった。ナースステーションに当たる職員控室の横のスチール製のドアを解錠してもらって、水戸部たちはその病室へ続く、無機質な印象の廊下に入った。

竹内は、点滴スタンドに数本の管でつながれていた。さらにいくつかの計測機器からも、身体にコードが延びている。

刑務官たちは個室のドアの脇に立った。

竹内は痩せた顔で、顔の肌が荒れていた。黒ずんではいないが、皺《しわ》が多く、毛穴が目立った。

水戸部は竹内の寝台の右側にスツールを出して腰掛けた。柿本は反対側だ。

竹内は、うさんくさいとでもいうような顔で水戸部を見つめてきた。

「警視庁の水戸部といいます」と水戸部はまず名乗った。

「おれ、本庁扱いのどんなことやりましたかね？」

本気で訊いたのか冗談なのか、よくわからなかった。

柿本がベッドの反対側で言った。

「万世橋署の事案なんだ」

「ああ」竹内は柿本に顔を向けた。「それなら、多少引っかかることはあるのかもしれない」

柿本が続けた。

「二十七年前のことなら、覚えているよな」

「そんな昔？　古すぎる。おれはそのころ、自分がいくつかも思い出せないぞ」

「平成九年。一九九七年」

「二十歳か。だけど、そのころ何をやっていようと時効だろ？」

「殺人なら、そうはいかない」

「殺人？」その驚きは本物だった。「してねえよ。ひとなんて殺していない」

水戸部が引き取った。

「神田明神下の路地で、ひとを殺して腕時計とヴィトンのバッグを奪っていないか？」

竹内はまた水戸部に顔を向け、悲鳴のような声で言った。

「殺しなんてやってないって！」

「じゃあ、あのとき何をしたんだ？」

「ちょっと待ってくれ。何のことかわからないんだ。おれが強盗やったっていうのか？」

「平成九年の十月十三日。深夜十一時過ぎ。神田明神下で思い出さないか？」

「秋葉原にはよく行ってた」

「ロンジンの時計と、ヴィトンのバッグだ。大西一郎のところに持ち込んで、カネにしたろう？」

「平成九年？」

「一九九七年。銀行や証券会社がバタバタつぶれた年だ」

「いいザマだ。だけど、わからねえぞ」

また柿本が言った。

「ヤクルトが四度目の日本シリーズ優勝」

「野球なんて興味ないって」

「神戸《こうべ》で、山口組《やまぐちぐみ》若頭の」

「ちょっと待ってくれ。少し思い出した。明神下で轢き逃げがあったときのことか？」

「そうだ。轢き逃げかどうかは、はっきりしていない。強盗殺人の線も残っているんだ」

もちろん柿本が言っているのは嘘だ。脅しだった。

水戸部が言った。

「秋葉原の電器店の常務が轢き逃げで死んだ。あんたが被害者の持ち物を大西一郎のところに持ち込んだのはわかっている。轢かれる前に、殺していないか？」

「してない！」絶叫するように竹内は否定した。「倒れてるおっさんから、時計をいただいた。道に落ちてたバッグももらった。だけど、大西のところに持ち込んだのは、そのときじゃない。一年ぐらい後だ」

一年ぐらい後？　大西はそう言っていたろうか。そうだ、たしかに大西は、時期について九七年か九八年と言っていた。

「どうしてそんなに間を空けた？」

「ロンジンにはネームが彫られていた。さすがに、すぐにはどこにも持ち込めないだろ。様子を見たんだ」

「腕時計は、被害者の腕からお前がはずしたんだな？」

「いや、時計はダチだ」

「バッグも拾って、中を確かめたろう？」

「ああ、バッグはおれが拾った」

柿本が訊いた。

「ダチはなんてやつだ？」

松本勝巳《まつもとかつみ》、と竹内は答えた。

「いまどこにいる？」

「知らない。もう十年か十五年くらい会ったこともない」

「思い出したほうが、お前のためだぞ」

水戸部は割って入った。

「男が倒れたところを見たのか？」

「いや」と、ほっとしたように竹内は水戸部に顔を向けて首を振った。「路地の暗がりでどんと音がして、近づくとおっさんが倒れていたんだ」

「何の音だった？」

「車がぶつかった音さ。おっさんが角を曲がって見えなくなったとき、すっと反対側の路地から車が出てきた。それからどんという音。あれ、ぶつけたかと思った。角まで行くと、おっさんが倒れていた。もう車はいなかった」

「明神下の三叉路のところか？」

「路地がT字路になっているところ」

「車を覚えているか？」

「いや。白っぽい車かな」

「あんたはどうしてそこにいたんだ？　あっちに住んでるのか？」

「いや、その」

柿本が言った。

「殺人じゃないなら、時効だ」

「その」と竹内は水戸部を見つめて言った。「オヤジ狩りをするつもりだった。松本とふたりで」

「そこで待ち伏せしてたのか？」

「いいや。尾《つ》けたんだ。ジャンク通りのあたりから」

「ジャンク通りから、明神下まで？」

「そうだ。そうだった。目をつけたんだけど、なかなか機会がなかったんだ。ずっとひと目があって。だから明神下まで尾けてしまった」

「被害者の名前を知っているな？」

「時計の名前だろ。思い出せないけど」

「知り合いなのか？」

「いいや。全然」

「その被害者に目をつけたのはどうしてだ？」

「脅したら、すぐにカネを出すように見えた。ひょろんとして、弱そうだった。松本が、あれはどうだって言ったんだ。あいつはオヤジ狩りに慣れてて、おれもあのときは、松本にそういうことはまかせたんだ」

「そういうことというのは？」

「カモ選びさ。あのおっさんは、ヴィトンのバッグを持ってたし、ヘッドフォンして歩いてたんだぞ。スーツ着て、いい身なりさ。カネも持っているだろうと思った」

「お前が、カモはあれだと決めたのか？」

「いや、松本だ。カモだ、っておれに目で合図してきた。言っておくけど、オヤジ狩りはけっきょくやってないよ。脅す前に、あのひとは撥ねられたんだ」

「物を奪ってる。一一九番に電話もしないで」

「殴ってもいないし、足払いもかけてない。倒れているおっさんから、いただいただけだ。たいした罪じゃないだろ」

「介抱盗という窃盗事件の分類になる」

「あれは窃盗なのかい？」

「撥ねられたって話は、あんたが言っているだけだ。あんたが道に転がして、奪ったとしたら、窃盗じゃすまない。強盗だ」

「だって、轢き逃げなんだろう？　そういうニュース見たぞ」

「轢き逃げと断定されていない。車はみつかっていないんだ」

柿本が水戸部に訊いた。

「介抱盗だとわかった場合、それも時効廃止でしたっけ?」

もちろん柿本は、そうではないことを承知で水戸部に訊いてきたのだ。

「ふん」と竹内は鼻で笑った。「おれはステージ4のガンだぞ。何も怖くねえよ」

「じゃあ」と水戸部は少しだけ口調を和《やわ》らげた。「正直に答えてくれ。撥ねた車の様子、まったく停まろうともしてなかったのだろうか」

「二十七年前のことだぞ。おれが自分で事故に遭っていたって、そんなところまで覚えてられるか」

「じゃあ訊き直すけど、どんという音がしてから、あんたが倒れてる被害者のそばに駆けつけるまで、どのくらいの時間だ?」

「いちいちストップウォッチではかったりしていないって」

水戸部は、竹内の目の前に右手を伸ばし、中空にTの字を書いた。

「ここにT字路がある。あんたらはおっさんを尾けてここまで来た。おっさんはT字路を右手に折れて見えなくなったんだな?」

竹内が中空に実際にTの字が書かれているかのようにそこに目の焦点を合わせたと見えた。

「そうだ。そうそう。追いつこうと思ったところに、左手からふいに自動車が飛び出してきた。右に行って自動車も見えなくなって、どん、という音だ。おれたちもびっくりして、T字路まで行くと、ひとが倒れていた」

「走ったんだな?」

「ああ。急ぎ足になったな」

「ぶつかる前、どのくらいおっさんと離れていた?」

「そろそろおっさんを脅してやろうと思っていたところだから、十メートルもなかったはずだな」

若い男が軽く走れば、三秒以下か。

「駆けつけたとき、車はいなかったのか?」

「見えなかった。ってか、目に入らなかった。ひとが倒れていれば、おれだっていちおうはびっくりはするからさ」

「それであんたたちがやったことは?」

「おれは、道路に落ちてるバッグを拾った。松本はおっさんの上着のポケットを探った」

「抱き起こして?」

「いや、その、おっさんが倒れてるんだ。動かない。血は流れていなかったと思うけど、触るのは気味のいいものじゃない。服の上から、叩いてだ」

「財布はあったか?」

「わからなかった。身体をひっくり返したりしていなかったと思う。ただ、目についた時計はいただこうと思ったんだろう。それで松本が手首からはずしたんだ」

「犯行は、松本って男の指示だってことか?」

「その夜のオヤジ狩りを思いついたのも松本さ。さっきも言ったけど、あいつをやるぞって、目をつけたのもだ」

自分が主犯として立件されない用心であることがわかる。否定する証拠を揃えることは不可能だ。しかし問題はそちらではない。時計やバッグを盗んだことよりも、解決を優先する重大な件がある。

水戸部は竹内を見つめて言った。

「車のことを思い出してくれ。車種。色。乗っていたのは何人で、男か女かとか」

「夜のひとけのない路地だよ。T字路のとこだけ街灯の明かりがあったけど、一瞬だよ。目の前をさっと通り過ぎていったんだ」

「車のかたちは？」

「たとえば？」

「セダン、ハッチバック、トラック、ワゴン」

「あ、ワゴンだったんじゃないかな。箱みたいな車だって、いま少し思い出してきた」

「色は？」

「白っぽかった。だけど、影がさっと通っていったんだぞ。シルバーかもしれない。黒だったのかもしれない。街灯が反射していたとこだけ、白っぽく見えたのか」

「交差点には、突っ込んできた？　それとも急発進だった？」

「ええと」

「クラクションはどうだった？」

「覚えていない。鳴ってなかったんじゃないか。おれらもそのT字路に向かって走ったんだから」

「そうしたら、左から出てきたんだな」

「路地の交差点だから、見通しは悪かったと思う。いきなり出てきたな。いや」

竹内はこめかみを右手の指で触れた。思い出したか？

「交差点まで来て、左手に車があるのがわかった。おっさんよりも、その車のほうが気になった。そうだ。停まっていて、いきなり交差点に入ってきたんだ。おれはそこで棒立ちになったよ。危ないって思って」

水戸部はまた中空の架空のT字路を示した。

「立ち止まったところは、完全にこの小さなT字路の中だった？　それとも外？」

「外だ」

「そこに行くまで、車には気がつかなかった？」

「おっさんが曲がったほうを気にしていた。あ、左手の路地は少し見通しがよかった。くの字に曲がっていたのかな。右手のおっさんの姿は、立ち止まったところでは見えなかった」

「いきなり発進して、左から右に走った、ということ？」

「そう。左からいきなり出てきて、T字路を通り過ぎて、右手に消えて、どん、という音だった」

「で、T字路を曲がると、おっさんが倒れていた？　車はその場に停まってはいなかった？」

「停まってない」

「路地の先の新妻恋坂に出ていった？」

「見てない。気にしていなかった」

柿本が言った。

「ひとを撥ねたら、ふつうは停まって救急車を呼ぶ。おかしいとは思わなかったか？」

竹内は柿本に目を向けて答えた。

「あ、逃げた、とは思ったさ。そういうやつは多いだろ。車こすっただけでも、謝って保険で弁償すれば済むのに、いきなり逃げ出してしまうやつ。あんな夜で、誰か見てたようでもない。しめた、って考えるやつもいるって」

「お前なら逃げるのか？」

「そういうのがいるのも、わからないでもない、って話だよ」

水戸部は先を確認した。

「あんたがバッグを拾い、松本って相棒が腕時計をいただいた。それからは？」

「音がしたんだし、ひとが出てくるかもしれないと思った。すぐにいま来た路地を戻った。なんかやばいことになるかもしれないと思ったし。ジャンク通りの手前まで行って、明るいところでブツを確かめた。バッグの中には財布もカネもなくて、時計にはネームがあった。すぐには処分しないほうがいいなってことになった」

「ネームがあったから？」

「てか、あの事故はやばいぞってことになって」

「やばいって言うのは？」

「だって、轢き逃げだったんだぞ。やばいだろ。自分がその場にいましたってわかるのは」

柿本が訊いた。

「どうしてあんたが、時計もバッグも両方故買屋に持ち込んだんだ？」

「物はおれが預かったからだ。松本との話で、交通事故のほとぼりが冷めるまでお前が預かれ、それから処分して山分けしようってことになった」

柿本は苦笑した。

「松本が、お前に罪をひっかぶせる気で逃げたんじゃないのか？」

「おれを信用したんだよ。だったら預かってやろうって気になって。それから一年ぐらい、ほったらかしにしていたんだ」

「どうして一年も？」

「気になってニュースとか、新聞も見たりしてたから、やっぱり轢き逃げだったってわかったし。その場から、金目のものをかっぱらっているんだ。そこにいたとわかったら、やってもいないことまでおっかぶされるかもしれない」

「警察は、目撃情報を探していた」

「おれらは何も見ていないし」

「記憶が新しいうちに、警察に来ていればな」

「行けば、絶対におれらのせいにされると思ったんだ」

「当時、車に乗ってたのか？」

「いや。だけど、おれのダチで、やってもいない傷害事件で、院送りになったやつがいる。警察ってそういうものだってわかってるよ。それにもしおれが轢き逃げ犯にされたら、ふつうの交通事故より、刑、重いだろう？」

「轢き逃げは、十年以下の懲役。または百万以下の罰金」

「ほら、喝上げとわけが違う」

水戸部が諭《さと》した。

「オヤジ狩りは路上強盗だ。五年以上の有期刑。場合によっては、轢き逃げよりも重いぞ」

竹内は、意外そうな顔を水戸部に向けた。

「オヤジ狩りは、喝上げじゃないのかい？」

「強盗だ」と水戸部は明瞭な調子で言った。「知らないでオヤジ狩りをやってたのか」

じっさいは、公判でも判断が分かれるところだ。被害者に暴力を振るったか。身体に触れたか。凶器を持っていたか。それを見せつけたか。言葉による威嚇《いかく》は具体的にどのようなものであったか。こうしたことを調べた上で、検察はふつう強盗事件として起訴する。弁護士はそれが恐喝であることを主張してくる。

竹内は、呆然とした顔となっている。ほんとうにオヤジ狩りが強盗だとは考えてはいなかったようだ。

水戸部はいくらか呆れた思いで言った。

「運がよかったな。何件くらいやってきたんだ？」

「何も」と竹内はおおげさに首を振った。「そのときだって、未遂だろ？」

柿本が水戸部に顔を向けて言った。

「轢き逃げの捜査ですが、これは強盗殺人の線が出てきましたか。だったら時効はありません。こいつ、ここから出てもらいますかね」

柿本の顔を見たが、竹内への脅しの芝居なのか本気なのか、判断できなかった。いや、やはり芝居だろう。

竹内がまた言った。

「怖くねえって」

いましがた同じことを言ったときよりも、声は弱々しかった。

「医者に」と柿本。「全力でもう一年生かせと頼んでやる。きっちり立件してやる」

「どんな判決が出ようと逃げ切るさ」

「毎週裁判所に呼び出されるんだ」

「勘弁してくれよ」竹内は泣きそうな顔となった。「身体が持たねえよ。ステージ4なんだって」

水戸部が言った。

「思い出してくれ。その轢き逃げの車のことをもっと。そして、松本って男のことを、もっと詳しく」

「松本にどうするんだ？」

「あんたの説明がほんとかどうか、裏を取る」

柿本がすぐに後を続けた。

「松本ってダチは、あれはお前がやった強盗だった、と供述するかもしれない。そうなれば強盗殺人として、捜査できる」

柿本は言い方を間違えている。松本は竹内の言葉を裏付けてくれる、と言ってやらねばならないのだ。

水戸部は言った。

「松本から裏が取れたら、あんたは緩和治療に専念できるぞ。中学は一緒か？」

「そうだ。小岩中学。学年も一緒だ」

「最後に会ったときは、何をやっていた？　どこにいた？」

「あいつと悪さしてたのは、ほんの五、六年なんだ。あとはたまに年に一度か二度、電話で話をするくらいだった。何度か、やばい話に誘われたけど、断ってきた」

「どうして？」

「あいつは小狡い。危ないってことには鼻が利くんだ。そういうときは、絶対におれを見捨てて逃げる。そういう男だから」

「一緒に何年もやってきたろう」

「だから、捕まった。最初のときだ。それ以来、何もやっていない」

「最後に連絡が取れたころ、何をやっていた？　どこにいた？」

「あいつはずっと無職だった。ヒモだよ。女をキャバクラかデリヘルで働かせて、自分はパチンコやって、うまい話をかぎつけると、泥棒でも詐欺でもやった。どこにいたかも知らない」

「警察が調べる上で、手掛かりはないか？」

「たしか最後の電話のときに聞いた。詐欺で捕まって、さいたま地裁で執行猶予がついていたけど、そう長くないから終わったらまたやれるって言ってたな」

「いつごろだ」

「裁判の時期は知らない。電話があったのは、十五年くらい前か、その前後だ」

病室のドアの脇にいた刑務官のひとりが言った。

「そろそろ時間ですが」

水戸部は腕時計を見てから、柿本に目配せした。柿本がうなずいた。

「また来る」と柿本が竹内に言った。「思い出しておいてくれ」

竹内はうなずいた。

「思い出したら、刑務官に伝えてくれるんでもいい。すぐに来る」

「ああ」と竹内。

病室から廊下のはずれまで歩き、スチール製の扉を抜けた。

エントランスへ向かう途中で、柿本が訊いてきた。

「十分でした？」

「ええ」

「路上強盗で締めますか？」

「死体検案書では、車に撥ねられたことを疑う理由はありません。いまの言葉を信用してもいいでしょう」

「根拠はありますか？」

「財布を奪っていない。路上強盗を計画して、被害者が車に撥ねられる前に襲っていたのなら、絶対にカネを奪う。財布を残しておくはずはない。ものごとが起こった順序は、竹内の言ったとおりだと思います」

「お姉さんの期待したような事件じゃなかったんだ。だったら、特命が出てくることもなくなったわけですね」それを喜んでいる、という調子だった。「松本って男を探し出す必要はまだありますか？」

「先に確認することが出てきました」

「というと？」

「いまの竹内の記憶だと、被害者が交差点に来たところで車は発進、撥ねたあとそのまま逃げ去っています。交差点の中だけは明るい。ひとが歩いて来ればそれが誰か確認できます」

「それは、つまり？」

「被害者は、狙われて、撥ねられたのではないかと思えてきています。特命捜査対策室が手がける事案です」

柿本が水戸部を見つめてきた。

「これは交通事故じゃない、ということですか？」

「その可能性が出てきた。江間和則さんは、殺されたのかもしれない。いつもの通勤ルートで、殺人だとは思われない方法で」

「誰が、どうして、と訊いていいですかね」

「それをこれから調べることになりますね」

「犯人の動機は？」

「被害者の生活の中にあったのでしょう」

「怨恨《えんこん》か、カネか」

「だけど、捜査報告書を読む限り、怨恨があったようではありませんでしたね。お姉さんも、弟の私生活には詳しいはずだけれど、強盗事件として捜査すべきじゃないのかという相談だった」

「三十八歳で独身。小さいとはいえ、堅気の企業の常務。本人はヴァイオリンが趣味。ふつうは、あまりトラブルなどを抱えない社会人に思えますね」

「離婚しての独身なのか。単に入籍や同棲がないという意味なのか。そこも気になってきました」

「女関係とか？」

水戸部は、まだ決められないという意味で首を傾けた。

車に戻り、話はいったん中断した。水戸部は助手席に、柿本が運転席に身体を入れた。

柿本がエンジンを始動させてから訊いた。

「署にいったん戻るでいいですか？」

「ええ」

しばらくひとりで、情報を整理したかった。万世橋署までの帰り道、自分は無口になるだろう。

敷地を出て、十分ほど走ったところで、水戸部は携帯電話と手帳を取り出し、登録してある番号に電話した。

「支援室」と、年配の男の声。

「特対の水戸部といいます」

相手はその略称で、水戸部の部署がどこかわかる。

「あ、はい。島村《しまむら》といいます。どうぞ」

「松本勝巳って男です」水戸部は竹内から聞いた松本のフルネームと漢字、それに生年を告げた。

「小岩中学校卒業。十五年くらい前に、さいたま地裁で執行猶予つき判決を受けています。起訴内容はわからないんですが、たぶん詐欺事案。いまの連絡先がわかれば」

その人物に前科がある場合、かなりの程度で各県警のデータベースに公的な記録があって、検索できる。警察庁のデータベースを通じる手もある。服役や釈放等に関する情報は法務省のデータベースを使うことになるが、こちらは人権への配慮からやや手続きが煩瑣《はんさ》になる。

「かけ直します。十分くらいいただけますか？」

「はい。そこでいったんお電話をいただけると助かります」

ちらりと運転席から柿本が水戸部を見てきた。

正確に十分後に、島村が電話をかけてきた。

「松本勝巳という男、平成二十年、二〇〇八年の一月に、さいたま地裁で懲役二年六カ月、執行猶予三年の判決が出ています。詐欺罪です」

「詐欺の内容は？」

「振り込め詐欺です」特殊詐欺か。島村がつけ加えた。「松本は受け子でした」

小狡いやつという竹内の言葉が思い出された。犯罪者は最後には、自分の気質に似つかわしい犯罪に行き着いて逮捕される。いや、自分に向いたその犯罪を繰り返す者も少なくないが。

水戸部は確認した。

「現在の連絡先まではわかりませんね？」

「ちょうどふた月ぐらい前に、警視庁管内で交通違反をやっています。九十日の免停」

「まだ免停中ですね」

「このときの住所はわかります」

島村は、品川《しながわ》区八潮《やしお》の所番地を教えてくれて、つけ加えた。

「調べると、桜木《さくらぎ》運輸っていう運送会社の敷地内です。社宅とか寮なのかもしれません。代表電話は」

全部聞いてから、水戸部は礼を言った。

「助かります。ありがとうございます」

手帳にその運送会社の所番地をメモしてから、柿本に言った。

「停めて、最初だけ電話をお願いできますか」

公務員が官姓名《かんせいめい》を名乗るとき、虚偽を口にすることはできない。正式の再捜査が始まっていないいまは、まだ警視庁刑事部のセクション名は出さないほうがよかった。

「いいですよ」

柿本が運送会社に電話した。

「万世橋警察署の交通課の柿本と言います」

「……はい、交通課、柿本です。松本勝巳さんはいまいらっしゃいますか？」

「……いえ、違います。もしや交通事故を目撃していないかという電話なんです」

柿本が携帯電話を水戸部に渡してきた。

水戸部は言った。

「電話、柿本から代わりました。水戸部と言います。松本さんと話せますか？」

相手は言った。

「またやったんじゃないよね。免停くらったから、いま倉庫の中の仕事をしてるよ」

「松本さんに、五分かそこいら、簡単なことを聞くのはかまいませんか？」

「ほんとに松本はやらかしてないんだね」

「ええ。松本さん自身の事故じゃありません」

「どのくらいで来れるの？」

「一時間少々でしょうか」

「はい。で、話は五分くらいね。松本には伝えておいていいの？」

「かまいません」

通話を終えると、柿本が訊いた。

「品川の八潮？」

「松本勝巳が働いています。行きましょう」

「大井埠頭《おおいふとう》ってことですかね」

「ですね」

「何か聞けますかね。事故のときの事情は、竹内の話でわかったんだし」

「松本は、竹内よりもはっきり覚えているかもしれない」

「あ、そういうことですか」

柿本が再び車を発進させた。


車が中央自動車道に乗ったところで、水戸部は携帯電話を取り出した。

昨日相談を聞いた江間美知子の電話番号はすでに登録済みだった。

江間美知子が出て、水戸部は名乗ってから、いま通話できるかどうか確認した。美知子は、事務所にいるが大丈夫だという。

「進んでいます？」と江間美知子が訊いた。

「捜査にかかったばかりです。鋭意捜査中としか言えないのですが、ひとつだけ教えていただきたいことがありまして」

「はい？」

「弟さんと仲のよかった地元のお友達の連絡先など、わかりますか。ちょっと話を伺ってみたいのです」

事故のとき、板倉もいちおうは被害者の周囲に事情を聞いているとのことだった。友達の名を姉が教えてくれたと言っていた。その友人に、水戸部も会ってみるつもりだった。

美知子が訊いた。

「お友達が何を知っているだろう。どうしてです？」

「ロンジンの腕時計が奪われた理由を、いろいろ探っています」故買屋に持ち込んだ男がわかったとは伝えなかった。まだ関係者にそのまま話せることではない。「弟さんに、その年四月の常務就任祝いでお姉さまが贈ったとのことでしたが」

「はい、たしかに」

「そのような高級時計をしていることは、周囲のひとたちはよく知っていたのかと気になりまして」

「知っているひとの中に強盗がいるということですか？」

「いいえ。でも、強盗か介抱盗は、財布よりも時計を奪っていた。換金すればそこそこの値段になる時計をしていたことを、周囲のどのくらいのひとが知っていたかと思って」

「店のひとたちも、オーケストラのひとたちもみな知っていたでしょうけど」

「常務さんともなれば、それ以外のおつきあいもあったでしょうね」

「あったと思います。よくは知りませんが」

「地元で特に親しかったのは？　事故のあとに、当時の刑事にも伝えていただいたようでしたが、その方の名前はとくに捜査報告書には出ていなかったもので」

「前川《まえかわ》さんって方がいて、小学校からの友達でした」前川静也《しずや》という名とのことだった。「ちょっと待ってください。携帯の番号を控えていたはずなので」

すぐに美知子が番号を教えてくれた。

「〇九〇の……」

美知子の言う番号を手帳にメモしてから、水戸部は訊いた。

「何をされている方ですか？」

「おうちは薬局です。ご本人も薬剤師の資格を持って、大きな病院に勤めたはずです。お店は前は外神田にあったけど、いまはどちらかな。お店はその前川さんのご兄弟が継いで、前川さん自身は、二十年くらい前に秋葉から移られたはずです」

通話を切ってから、番号を登録し、前川にかけた。

ちょっといぶかしげな声が出た。

「前川」

　勤務中に個人の携帯電話にかけても問題のない職場ということだった。

「警視庁の捜査員で、水戸部といいます。万世橋警察署の交通課の仕事を応援しているんですが」

「警視庁？」

「万世橋署の応援です。ちょっと伺いたいことがありまして、お電話した次第です」

「Nシステムに引っかかったのかな。いつのことだろう」

「いえ、交通違反とかの件ではありません。前川さんが直接関係することでもなくて、ある交通事故のことで、合同捜査をしています。警視庁の捜査一課と、万世橋署の交通課とで」

「なんだろう？　ほんとうにわたしに関わりはないの？」

「ええ。江間和則さんという方はご存じですか？」

「江間。知ってるよ。幼なじみだった。あのひとの轢き逃げ事件のこと？」

「そうなんです。轢き逃げ犯がまだ見つかっていません。いくつか事故の情報も出てきたので、あらためて捜査をすることになりました。お話を伺えますか」

「ずいぶん古い話でしょう？」

「二十七年前になりますね」

「あれの再捜査？」

「はい。当時の江間さんの生活とか交遊関係などについて、知っている範囲でお話を伺えますか」

「いいよ。轢き逃げ犯が見つからないままだなんて、江間もきちんと成仏できないよな。万世橋署に行く必要はあるの？」

「いえ。お勤め先で問題なければうかがいますが」

「わたしはいま」前川は、台東区《たいとう》にある病院の名を出した。「嘱託《しよくたく》でいるんだ。十五分くらいなら、ここでも話せる」

「夕方になるかと思いますが、職場に伺ってもかまいませんか？」

「いいですよ。場所、わかります？」

「ええ」


松本が勤める運送会社は、広大な埋立地の中にあった。運送会社や倉庫会社が並ぶ一角だ。どの事業所もかなり広い敷地を持っている。

桜木運輸は、その中で小規模な部類の運送会社なのかもしれなかった。敷地内で何台ものフォークリフトが動いていた。

事務所に行くと、さっき電話を受けた男が対応してくれた。彼は動いている一台のフォークリフトに向かって歩き、オペレーターに声をかけた。オペレーターは、五十代かと見える小太りの男だった。

「松本です」と案内してくれた男が言った。「五分ぐらいで」

フォークリフトが倉庫の壁に寄って停まり、松本が降りてきた。少し不安そうな顔だ。

柿本が先に名乗った。

交通課と聞いて、松本は少しだけほっとした様子を見せた。

次いで水戸部が名乗った。

「警視庁？」とまた不安そうな顔。

「二十七年前の交通事故のことを調べ直しているんだ」

「二十七年前？」

「神田明神下。竹内圭作って男と一緒に、オヤジ狩りをやろうとしたときのことだ。いま、竹内圭作とも会ってきた」

「竹内と？」

「つるんでわるさしていたろう。彼から話を聞いてきたんだ。十月にひとが明神下で死体で見つかった件」

松本はこんどは完全に動揺を見せた。

「何もやっていないぞ。落ちてるものを拾っただけだ」

「交通事故の現場でだな？」

「ああ。鞄とかは落ちていたんだ」

「撥ねられた男のそばで？」

「ああ。落ちていたから拾った」

「竹内は、お前が腕時計を奪ったと証言した」

「時計？　ああ、あれか。換金できそうもなかったやつだ。取ったのはおれじゃない。竹内だ」

より重そうな犯罪の方を、竹内と松本とで押しつけあい始めた。

「竹内は、自分がバッグを、あんたが時計を奪ったと言っている」

「嘘だ。あいつの嘘だよ。だけど、バッグの方にしたって、もう時効だろう？」

「交通事故なら。だけど、あんたたちがオヤジ狩りで転がした相手から奪ったなら、話は別だ。強盗殺人になる」

「あれは交通事故だ」と、松本は大声で言った。「おれたちは手もかけていない」

「交通事故を見たのか？」

「見た。細い路地で、男にどんとぶつかって、逃げていったんだ」

「場所は、T字路だったはずだが」

「そうだ。左手から急に発進した車があって、交差点を曲がった男を撥ねて逃げた」

「車が急発進した？」

「T字路の左に停まっていた。それが、おれたちが狙った男が交差点を曲がったところで動き出して、わざわざ追いかけるみたいにして加速して、撥ねたんだ」

「竹内は、撥ねたところは見ていないと言っている。どんという音は聞いたと。ほんとうは、あんたが転がしたんじゃないのか？」

「違う」松本の否定は必死と聞こえた。「竹内はおれの後ろにいた。その瞬間は見てなかったかもしれない。おれには見えた。車が後ろから撥ねたんだ。男のひとは、撥ね飛ばされて転がった」

「わざわざ追いかけるみたいにと言ったな?」

「そうだよ。左側の路地に停まっていたのに、男のひとがT字路を右に曲がったら、発進したんだから」

「あんたがそこにいたのに?」

「おれのことなんて目に入っていなかったのかもしれない。とにかく急発進した。ぶつかるまで一瞬のことだ」

「車の車種は覚えているか?」

「白っぽいワゴン車だったかな。乗用車じゃない。工務店なんかが機材とひとを積んで使うような車だ」

「ナンバーとか、会社の名前とかは?」

「見ていない。ってか、覚えていない」

「乗っていたのは、男か女か?」

「わからない。一瞬だったってば」

水戸部は、少しずつ文言を変えて同じことをもう二度訊《たず》ねた。松本はそれ以上のことは答えられなかった。嘘を言っているようには感じられなかった。ほんとうに覚えていないようだ。もし彼が、竹内の視界の外で江間和則を襲っていたのだとしたら、いまはむしろその白っぽい車のことを強調し、虚偽まで交えてそのディテールまでも語ったはずだ。

水戸部はもうひとつ訊いた。

「被害者に狙いをつけた理由は何だ？　高級時計を持っていたと知っていたのか？」

「まさか。獲物を探してたら、目についたのさ。ヴィトンのバッグを持っていた。カネを持っていそうだった。小柄なおっさんだったと思う。ちょっと脅せばカネを出すと思った」

「全然知らない相手か？」

「知らなかった」

柿本が訊いた。

「バッグや時計を、すぐに換金せず竹内に渡したのはどうしてだ？」

松本は柿本に目を向けた。

「少し時間が経ってみると、まずいことになりそうな気がした。新聞か何かであの男が死んだのはわかったし、おれたちがそばにいたことがばれたら、どうなるかわからない。カネにするのはあきらめたんだ」

「万世橋署は、目撃情報を募《つの》ったんだぞ。立て看板なんかで」

「おれたちが出ていけるわけないだろう。賞金百万でもくれるっていうならともかく」

水戸部は確かめた。

「いまの言葉、もし裁判になったら、証言できるか？」

「急発進した車が撥ねたってか？」

「そう」

「裁判で？」

「調書にサインでもいい」

「ああ。いいぞ。おれが何かひっかぶるんでないなら、見たことを正直に答えてやる」

柿本が言った。

「何かもっと思い出したら、名刺に電話をくれ」

「そうするよ。おれは、いま何かの容疑者なんかじゃないんだな？」

「いまのところは」

車に戻ると、柿本が言った。

「これって、殺しの事案ってことですか？」

水戸部はまだ判断できていなかった。急発進の件は、竹内はいくらか微妙な言い方だった。いきなり出てきた、という言葉は使ったが。T字路に達した時刻に微妙な差があったせいかとも思うが、裏の取れる証言ではないのだ。

「まだわからないですね」と水戸部は答えた。「でも、被害者が狙われていて、あのタイミングで撥ねられたのだと考えると、事故の捜査が難航した理由もわからないでもない。工務店が使うような車と見えたということは」

「汚れていたか、かなりのポンコツ車だったか」

「修理もせずに、山奥にでも廃棄されていたとしたら、見つからないはずです」

「白い塗料片を追ったのは、間違いではなかったと言えるんだろうな。事件性ありで、再捜査は決まりですか？」

「まだ、判断する情報が足りません。もう少しだけ粘ってみましょう」

「次は？」

「前川静也という友達のいる病院ですね」

柿本は車を発進させた。


その病院は、浅草寺《せんそうじ》に近い一角にあった。建物の外観から想像するに、建てられて五十年以上は経っているかと思える。規模を考えると、かつては地元の基幹病院だったのかもしれない。

前川静也は、大柄で、陽に灼《や》けた顔の男だった。美知子の薬剤師という言葉で想像していた外見とは少し違っていた。彼の出してきた名刺には、薬剤部、と所属が書かれていた。

前川は、病院の裏手の庭の、木製のテーブルへと案内してくれた。

彼は興味津々という顔で訊いてきた。

「どういう情報が出てきたんです？」

水戸部が答えた。

「事故のとき、江間さんが身につけていた時計を盗んだ者が出てきたんです。交通事故ではなく、路上強盗が先にあって、そのあと撥ねられた可能性が出てきた」

その可能性は薄い、という自分のいまの判断を、水戸部は語らなかった。ここではまず情報を集めてゆくことだ。どんなときでもそうだが、少ない情報で勝手に筋書きを作ってはならない。情報から必然的に導かれる筋をこそ、尊重すべきなのだ。

前川が訊いた。

「事故じゃなく、事件だったってことですか？」

「まだ何もわかりませんが、強盗殺人だった場合は、時効はなくなります。正式捜査となります」

「いまはまだ違うの？」

「刑事事件とはまだ断定できていないので」

「ご苦労さまだなあ。友達としてはうれしいけれども、もう迷宮入りで終わりですで、警察の仕事としては終えてもよかったんじゃないの？　あれだけ古いと」

「強盗殺人となれば、そういうわけにはいきません。江間さんとは、親しかったのですよね」

「小学校が一緒だった。江間は中高一貫校に行ったんで、少し距離はできたけど、地元だからね。成人してからも、ときどきは友達といっしょに会って、飯を食ったりした。同窓会が何回かあったし、忘年会は毎年やった。残念なことにあいつ」

前川は首を振った。

「残念なことに？」

「ゴルフをやらなかったんだ。やればもっと仲よくできたんだけどな」

「江間さんは、ずっと独身だったんですか？」

「そうだよ。亡くなったときも独身だった。親父さんは、身を固めてくれって口を酸《す》っぱくして言っていたみたいだけど」

「江間さんの反応は？」

「うん、そろそろだね、とか言っていた。ずっと」

柿本が訊いた。

「つきあっていた女性はいたんですか？」

「どうだろう。そういう話題になると、とぼけるんだ。だけど、女性たちに人気はあったんだよ。小学生のときからだ。成人してからも、集まると、独身の女性たちはそれとなく気を引こうとしていた」

「三十八歳のころでも？」

「いや、さすがに三十を過ぎると、同窓生の中にも独身女性は少なくなるからね。だけども、江間自身は女っ気がないという雰囲気でもなかったな。いや、あのころはもう、つきあってるひとがいたんじゃないかな。本人から聞いたわけじゃないけど。もしかすると、結婚準備にかかっていたのかな」

また水戸部が訊いた。

「何か具体的なところは知っていますか？」

「いや。ただ、そろそろだねという返事が、前よりもごまかす調子じゃなくなっていた感じがあった。ほんとにそろそろ決めたのかなって印象があった」

「前川さん以外で、江間さんのそのような私生活に詳しかったお友達なんていますか？」

「どうかなあ。少なくとも、わたしと共通の友人では、いなかったんじゃなかったかな。いたら、江間のことはわたしの耳にも入ったものね」

　柿本が訊いた。

「さきほど、一緒に食事をしたとおっしゃいましたが、それはお酒も飲んだということになりますか？」

　前川は柿本に顔を向けて答えた。

「居酒屋なんかで会うときはね。だけど、江間はそんなに飲むほうじゃなかった。つきあいではほんの少し口にするだけだった」

「じゃあ、行きつけの飲み屋とかスナックとかもありませんでしたね？」

「ううん。そういうところで時間をつぶす男じゃなかったものなあ。秋葉のやんちゃ坊主たちとは、ちょっと雰囲気が違っていたから。弟のほうが、わたしみたいな男ともうまくつきあえそうだったな」

　水戸部は、先ほどから気になっていたことを訊いた。

「江間さんは、ひょろりとした体格だったようですが、じっさいそうでした？」

「ああ。背は高くなくて、細身だったな。身長は百六十あったのかな。小さいほうだった」

　やはりオヤジ狩りの対象になりそうな体格、体型だったわけだ。

「喧嘩なんて、するほうじゃありませんね？」

「子供のころから、見たこともない。むしろ、からかわれたりしていたほうだ。いじめとまではいかないにせよね」

「深刻ないじめ？」

「だから、違うって。からかわれていた程度。椅子を引かれたり、制帽を隠されたり」

幼い子供にはかなり深刻ないじめになるだろう。いじめられっ子。オヤジ狩りをやるようなワル連中は、瞬時にカモだと見抜くタイプ、ということか。

「どのくらいの時期です？」

「わたしらが小学生だった時期。四年か五年のころだったかな。六年のころには、そういうこともなくなってたと思う」

「江間さんは、成人してから、何かトラブルに巻き込まれていたなんてことはありませんか？」

「さあなあ。店のことは知らないけど、どうだろう。ああいう店だと、クレーマーも来るだろうけど。それは店との問題か。江間が個人的に恨まれることなんてないよな」

「まったくない？」

「言い切れないけど。お互いに高校に入ったころにはもう、つるむ、みたいなつきあい方じゃなくなっていたからね。相手の生活の細かいところは目に入らない」

「なかったと否定することもできない、ということでしょうか？」

「あったと言ってるわけじゃないよ。知らないんだ」

次の質問がすぐに思いつかなかった。そこで柿本が訊いた。

「江間さんは女性に人気があったとのことでしたが、女性関係でトラブルなどはありました?」

前川が不思議そうな顔で逆に訊いてきた。

「あの轢き逃げ、怨恨だとか、そういうことを訊かれているのかな?」

「その可能性もつぶしていきたいんです」

「女性関係のトラブルなんて、わからない。知らないなあ」

「なかった?」

「いや。ほんとに知らない。社会人になってからは、ふたりでじっくり人生や私生活を語り合うようなつきあいじゃなかったしね。子供のころからの友達同士が、地元のよしみで、居酒屋とかでわいわいやるようなつきあいだった」

「社会人になってからの江間さんを、私生活を含めてよくご存じのお知り合いなんて知っています?」

「江間がアマチュアのオーケストラに入っていたの、知ってる?」

「ええ。ヴァイオリンを弾いていたそうですね」

「そっちのほうに誰かいるんじゃないかな。江間の社会生活は、江間電気商会と、地元の振興会と、そのオーケストラぐらいだったから」

それはあらためて美知子に問い合わせてみるしかないか。

柿本が訊いた。

「江間さんは、家族とか親族のあいだでは、トラブルなんてなかったのでしょうかね?」

「家族の中のことまで知らないよ」

「父親が、江間さんが身を固めるようにやきもきしていたんでしょう？」

「やきもきと、トラブルは違うよ」前川は突然思いついたという顔になった。「振興会の関係者から耳にしたことがある。江間は何度か、親父さんに叱られたことがあるらしい。商売がらみのことでだ」

　水戸部は柿本と顔を見合わせた。

　商売がらみのことで、親父さんに叱られた？　衝突したということか？

「どういうトラブルだったんでしょう？」

「さあてな。親父さんの経営方針と、江間のやりたいことは違っていたのか。あそこは初代が焼け跡で廃品回収の仕事から始めて、バラックのひと枠で雑貨の店を持つようになった。親父さんはそこを家電店にした。叩き上げだ」

「根っからの商売人気質ということですか？」

「いや、親父さんは軍隊では通信兵だったはずで、それでラジオなんかを組み立てることができたんだ。やがて土地も手にして、秋葉の成功組のひとりだ」

「ええと、つまり？」

「技術の心得もあるけど、押せ押せのキャラクターだったはずだ。廃品回収なんかを仕切っていた地回りとも、やりあった伝説があるはずだよ」

　柿本を見た。柿本は、自分は知らないという表情で首を振った。

前川は続けた。

「だけど江間は、中高一貫校に行くようなお坊っちゃま育ちで、工学院大に進んだ。家電よりも、いまでいうＩＴのほうに興味があったんじゃないかな」

「でも、事故のとき、常務になったばかりでしたね。社長の親父さんと、経営方針をめぐってトラブルがあったら、常務にはさせないのでは？」

「トラブルがあったって、やっぱり身内だ。多少キャラクターの差はあっても、長男だし、そっち方面の勉強もしている。だから常務になったんじゃないのかな。当然に社長後継の含みで。うちも、先々代からの薬局を誰が継ぐかでちょっと深刻になった時期があったけど、次男のわたしはうちを出て就職した。薬剤師の資格を持っていたのはわたしなのに」

「ご長男が継いだのですか？」

「ああ。薬剤師の資格を持ってなかったので、資格を持った嫁さんをもらった。だけどけっきょく薬局は続かなかったな。父親はがっかりしたろう。兄貴は、不動産業で食べてる」

話の関係がよくわからなかった。経営方針に多少の違いがあっても、自営業者は長男に継がせるものだ、と言ったのだろうか。

前川が腕時計を見た。

「そろそろにしてもらっていいかな。またいつでも、役に立てるなら話すよ」

水戸部は柿本に合図した。いったん切り上げましょう。

車に戻ったところで、柿本が訊いた。

「妙な構図が見えてきましたか？」

水戸部もそれを感じていた。父親に叱られていた？　さっきの松本の、急発進、という言葉も、捜査員としての自分の頭に引っかかってきたが、これもかなり気になる情報だ。

水戸部は柿本に言った。

「現場では車が急発進、そして、被害者は会社で父親とトラブルがあった。板倉さんからは、何も聞いていなかったけれど」

「目撃者は出ていなかったし、物証から追ってゆくのが、交通事故捜査の常道ですから」

「急発進は、ふつうの交通事故ではないことを示唆していませんか？」

柿本は頬をゆるめた。

「事故じゃなく、殺しだってことですか？」

「車は、被害者のいつもの通勤路で待ち構えていた」

「そういう解釈の可能性も、たしかに出てきました。でも、通行人に気づかずの急発進の事故なんて、ざらですよ」

「物証で追えなかったのなら、次にやることは状況証拠から詰めてゆくことでした」

「もしかして、父親に叱られたトラブルが原因で、殺人に発展したと？」

「そうは言っていません」

「父親が黒幕の息子殺しだなんて、状況証拠からも読めないでしょう？」

「トラブルなどない温厚な人柄にも、トラブルはあったんです。その線を早くに消すべきではなかった」

「前川さんが言ったのは、被害者が父親に叱られたという噂です。家庭内の揉《も》めごとでしょう。トラブルじゃない。あの江間美知子さんも、トラブルの話などしていなかった」

「この二日間聞き込んできてわかったのは、江間さんが気にしていたのは、とにかく目撃者があるんじゃないかということです。何か直感で、目撃者が見つかれば、事故の違う様相が見えるのではないかということでした」

「そうでしたか？　単純に目撃者が、車のナンバーとか車種とかを覚えていてくれたら、ということでしょう」

「もうひとつ、いま気になってきたのは、前川さんが言っていた、父親とのトラブルの中身です」

「多少の使い込みとか、そういうことですよ。家族経営の会社ですから」

「どういうものか、確かめる必要があります」

柿本は車のメーターパネルの時計を見た。

「明日いちばんで、あの江間常務さんに話を聞きますか。あのひともとくに言ってなかったんだから、たいしたことではなかったんだと思いますが」

「明日いちばん？」

「十時くらいから。お店が開くのはそのくらいでしょうから」

いいだろう。

水戸部は言った。

「署に戻りましょう」

4

その日、水戸部はまず警視庁本庁の対策室に出て、吉田室長のデスクに向かった。

吉田が言った。

「万世橋署は、絶対に自分のところで解決するって意気込みみたいだな」

水戸部は苦笑した。

「どうでしょうか。どっちみち解決は無理だと思っている節があります。共同捜査の提案は、もしも捜査がこのあとすんなり進んだときの保険なのでしょう」

「ま、そうだろうが、で、進み具合は？」

「捜査報告書にあったものとは、多少様相が違って見えてきたのかもしれません」

水戸部が昨日の竹内と松本に会った件を報告して続けた。

「彼らは、介抱盗ではないだろうという感触を持ちました。ただ、轢いた車が急発進して消えたという部分は気になります」

「事故ではなく、刑事事案か？」

「ふたりの証言でも、まだそれを断定はできません。昨日はもうひとつ、被害者が父親とトラブルを起こしたことがあるという証言も得ました。きょうそれを確かめますが」

「刑事事案だと濃くなってきたら、うちの単独捜査にしたいな」

「まだなんとも言えない段階ですが」

「応援を出して、一気に刑事事案の証拠を固めるか？　そしてうちに引き取る。こういう事案を解決するのは、うちの仕事だ。そのための部署だ」

「もう少し、このまま当たらせてください」

「相棒はどうなんだ？　交通捜査係に移るまで、まったく刑事事案を担当したこともないんだろう？」

「たしかに、聞き込みにも慣れてはいませんが、それは補えます」

彼の場合、むしろ問題は、仕事への熱のなさかもしれないが。しかし本庁の刑事部にやってくる捜査員の仕事への意気込みのほうが、どちらかと言えばおかしいのだ。自分を含め、その仕事ぶりは、昭和の時代のいわゆるモーレツ社員に近いものがある。いまの時代、流行《はや》らないし、職場の労働条件をいっそう悪化させる要因にもなりかねない。こんな働き方はやめねばならないとは、水戸部自身も意識している。本来なら、所轄の職員の働き方にならうべきとも思っているのだ。

ただ、と水戸部は弁解するように言い聞かせた。自分の場合、捜査員に求められる以上の興味と関心が湧いてきて、その事案についのめりこんでしまうことがある。これは自分の質《たち》であり、修正のしようもない自分のキャラクターだった。周囲に迷惑をかけない範囲であれば、これを通させてもらうしかない。

水戸部が言葉の後を続けなかったので、吉田が訊いた。

「やりにくいか？」

「いや」水戸部はあわてて否定した。「その捜査員、わたしより年上なんです」

「水戸部は本庁の捜査員で、階級も上だ。気にするな。足として使えばいいんだ」

「それに慣れていません」

「慣れろ。キャリア連中を見ろ。三十になるかならぬかで、ノンキャリの警部らを顎で使ってるんだ」

「そろそろ行きます」

吉田は、半分困ったような顔でうなずいた。


水戸部が万世橋署に着いたのは、十時十五分前だった。

専用の部屋に入ると、ちょうど柿本が電話を切ったところだった。

柿本は言った。

「常務が、十一時に会社に来て欲しいとのことです」

水戸部は、柿本がどのように江間美知子とアポイントを取ったのか気になって訊いた。

「どういう感触でした？」

「驚いていましたよ。トラブルなんて、と」

「ありえないと？」

「ええ」

「それは」水戸部は言葉をまとめてから柿本に訊いた。「家庭内トラブルなんてないという意味でしたか？」

「お父上と弟さんとのあいだにトラブルがあったと情報があるんだが、と訊いたんです。なので、そういうことはない、という答でしたね」

そのように電話でいきなり訊いたか。水戸部は溜め息が出るのをなんとかこらえた。相手は刑事事案の事情聴取も被疑者の取調べもさほど経験のない警察官なのだ。事実を引き出すためには質問の組み立てが必要であり、あまり性急に、直接的に訊いてはならないということがわかっていない。それに、このタイミングで、トラブルの情報があった、と伝えてしまえば、それは昨日水戸部が名前を教えてもらった前川が話したことだ、と容易に想像をつけられてしまう。正直には答えてくれなくなる可能性もあるのだ。

水戸部の表情を見て、柿本が訊いた。

「何かまずいことでもしましたかね」

水戸部は言った。

「トラブルという言葉は、江間さんを警戒させたかもしれません。家庭のことを探りに来るのかと」

「そこを気にしているのかと思いましたが」

「もちろん和則さんをめぐる状況は知っておいたほうがいいでしょう。ワゴン車のような車の急発進という証言も出てきたのだし。でも、いきなり江間さんに、家庭にトラブルがあったという情報が、と言うのは、早まっています」

柿本は不愉快そうに口をへの字に結んでから言った。

「出すぎた真似をしましたね」

「何かするときは、お互い、相棒と相談しながらやりましょう。わたしもそうしますので」

柿本は時計に目をやってから、水戸部を見ずに言った。

「十時五十分にここを出ましょう。それまでわたしは、デスクで雑用を片づけています」

返事を待たずに、柿本は会議室を出ていった。

自分は、本庁刑事部の捜査員であるという立場を鼻にかけてしまったろうか。あるいは、言葉や振る舞いに、所轄の捜査員を侮《あなど》るような調子が出てしまったか。捜査本部の捜査員となったことは二度あるが、所轄の捜査員とこのようにぎくしゃくした経験はなかった。そのころは自分が若く、むしろ所轄の先輩捜査員たちに十分以上の敬意を持って接してきたせいもあるが。

柿本は十時五十分までは、自分とは口を利かないだろう。それまでの時間、何をすべきか。漫然とコーヒーを飲んでいてもしかたがない。

スマートフォンを出したところで思い出した。四年前に、やはり特命捜査対策室の事案で、秋葉原のメイド・カフェに聞き込みに行ったことがあるのだ。十七年前の、メイド・カフェで働いていた女性が鶯谷《うぐいすだに》のラブホテルで絞殺された事案。被害者の女性が最初に働いたメイド・カフェが、その店だったのだ。

店長はもともと秋葉原の家電店の店員だった男で、退職後、中古のゲーム機を集めて御徒町《おかちまち》寄りに喫茶店を開き、それから流行り出したメイド・カフェ業に進出した。四年前に捜査に協力してもらったときは、秋葉原と神田須田町《かんだすだちょう》に合わせて四軒、メイド・カフェを持っていた。商売上手な、目《め》端《はし》の利く男という印象があった。

千葉《ちば》博正《ひろまさ》という男だ。轢き逃げ事件のあった二十七年前は、彼はちょうど家電店で働き始めたころのはずだ。その店の名を、近江《おうみ》電気、と聞いた気がする。店の所在地を考えると、その店は江間電気商会とはライバルだったのではないか。つまり、江間電気の情報はいろいろ耳に入る。

この時刻、彼は秋葉原の店に出ているだろうか。最初に事情聴取に行ったころ、彼は十時には必ず店に出ていると言っていたが。

電話をすると、千葉は明るい声であいさつしてきた。

「お早うございます。ごぶさたしています。何かまた事件なんですね？」

水戸部は、千葉のあまりにも明るい調子に苦笑しつつ言った。

「秋葉原の古い話を少し聞かせてもらえたらと思って」

「事件がらみですか？」

「聞きたいのは、単に秋葉原の家電業界の裏話。どこの店が流行っているとか、どこの店は社長がワンマンだとか。知っていますよね？」

「もうちょっと具体的に言うと？」

「当時の江間電気とか」

「ああ。わたしはライバル店の平店員でしたから、空気ぐらいしか知りません。いまどちらです？」

「秋葉原に来ているんです」

「うちの店にいらしてください。開店前ですけど、コーヒーでも何かソフトドリンクでも」

「持参で行きます」

「相変わらずお堅い」

通話を切って、万世橋署の交通課のフロアに行った。柿本の姿はなかった。水戸部は女性職員に柿本のデスクを教えてもらい、メモを置いた。

「メイド・カフェ『プラム・ガーデン』の千葉店長に会います。

当時の家電業界の空気など。

十時四十五分に戻ります」


そのメイド・カフェは、昭和通りに面した雑居ビルの五階にあった。秋葉原のこの通りにある店なのだから、家賃も相当に高額だろうし、客単価も高いのだろうと想像がついた。

千葉はまちがいなく、秋葉原の成功組のひとりなのだろう。家電店の店員から身を起こしたという点でも。

五階でエレベーターを下りると、店のドアが開いていた。中では清掃作業中だ。専門業者ではなく、従業員なのかもしれない。

事務所のドアは、どこだったろう。廊下から直接入れたはずだが。

店の中から声があった。

「水戸部さん」

顔を出したのは千葉だ。五十がらみの年齢の、小柄な男だった。ワイシャツの腕まくり姿だ。ネクタイはゆるめている。なんとなく愉快そうだ。

「どうぞ、中へ」

店の中に入ると、千葉はカウンターの横手のドアを開けて、事務所に招じ入れてくれた。

応接セットの椅子に腰を下ろすと、千葉は言った。

「エイマックスで何があったんです？」

「別に何も。ただ、以前、あそこの常務さんが、交通事故で亡くなったんです。社長の息子さんです」

「ああ、あのころの話ですか。二十五、六年前でしたか」

「二十七年前。あの時期、千葉さんは近江電気でしたよね」

「ええ。白物家電全般を受け持ってましたよ。わたしは、平成六年に入社だったんです。それから二、三年後ですよね。ちょうどポケモンが出て、秋葉原の家電店でも奪い合いになった時期じゃなかったですか」

「わたしはよく覚えていないころなんですが」

「そうだったんですよ。あれは、交通事故でしたか」

「ええ。轢き逃げでした。解決していません。あの時期、家電店はどこも競争が大変だったんでしょう？」

「ええ。家電から、ゲームやパソコンに商品の中心が移っていたころだから、どこも生き残るにはどうしたらいいか、必死でしたよね。近江電気は、それから五、六年後に」千葉はかつて秋葉原ではかなり有名だった家電店の名を出した。「……に吸収されてしまった。そこも、そのあと五年持ちませんでしたけど」

「当時の江間電気も、きわどかった？」

「必死だったのはたしかでしょうね」

「経営方針をめぐって、一族でトラブルなんてなかった？」

「正直言うと、知らない。いまもそうかもしれないけど、秋葉原の店員たちが昼飯を食いに行く店なんて、限られてるんですよ。そういうところで耳にした話が、その日の夕方には秋葉原じゅうに広まってたりする。興信所が調べるような情報とは大違いのがね」

「たとえば？」

「従業員をひとり解雇すれば、その店はつぶれそうだって話になって広まる。売掛金回収不能が百万出ても、危ないって話になる」

「江間電気についても、何か耳にはしたんですね？」

「いちいち気にしていなかったな。どこの店についてもですよ。どうせ三日もすれば、じっさいはどういう話だったのかわかる。どの業界もそうかもしれないけど、いや、警察は別か」

「何です？」

「どこそこは危ないとか、つぶれるとかって話が大好きな人間がいるんですよ。そういう話題が好きで好きでたまらないってタイプが。いちいち相手にしていたら、きりがない」

「その江間電気についての噂で、大はずれだったものにはどんな噂がありますか？」

「ちょっと待ってください」

千葉は天井を見上げた。そこに若い女性従業員が入ってきて、何ごとか千葉に指示を仰《あお》いだ。千葉はひとつ指示をしてから、また水戸部に顔を向けた。

「近江電気に入ったころ、江間電気はビルを買ったはいいけど、借入れを返済できなくてすぐにも手放しそうだって話を聞いた。まるで大はずれでしたね」

「ほかには？」

「江間電気は、社長が総領息子とうまくいってなくて、御家騒動になるぞとか。だけど、そうこうしてるうちに、常務になりました。それも大はずれの例か」

千葉は、くすりと笑ってから続けた。

「水戸部さん、ちょうど江間電気の常務さんが亡くなるころに倒産したパソコン・ショップがあったんですよ。あの店については、倒産情報は正確だったな」

「なんていうお店です？」

「市川《いちかわ》から進出してきた……」千葉が店の名を言った。水戸部は知らない店名だった。

「聞いたことがないな」

「その店は、危ないって情報は一年くらい前から流れだしたけど、倒産情報は正確だった。その前日に噂が流れて、次の日のお昼にシャッターが下りて倒産。大当たりでしたね」

「興信所より正確だった？」

「ええ。水戸部さんは、パソコンはウィンドウズのどのあたりから使っています？」

「高校生のころにウィンドウズのＸＰってＯＳが出たんじゃなかったかな」

「その店が人気だったのは、ウィンドウズの２・０から３・０ってあたりの時期のことです。そこがたいへんな薄利多売で、すごい売り上げだった。最盛期、秋葉に五店舗あったと思う。通信販売もやっていた。マニア向けの店で、展示もしない。説明もしない。客は型番を言って商品の段ボール箱を受け取るだけ。カードを使うと、手数料も取った」

「それって、たぶん当時でも規約違反ですね」

「でしょ。そういう店だった。ま、秋葉の小さなパーツショップなんかは、やっていたんですけどね。だけど、現金を持っていけば、最新のパソコンやらＡＶ製品が、定価の二割から四割引きでしたよ。一時期、従業員ひとりあたりの売り上げは業界一。店舗面積あたりの売り上げもトップだったんじゃないかな。あのころの秋葉の家電店やパソコン・ショップは、客がその店の表示価格を調べてやってきて、あっちではこうだから値引きしろって言ってくるんで、困っていたんです。社長は、秋葉の超異端児だったな」

「倒産が、九六年なんですか？」

「ええ。バブルの時期の徒花《あだばな》でしたね。その店もだんだん自転車操業が苦しくなっていって、ちょうどウィンドウズ95が出たあたりから、もうカネが回らなくなったんです。倒産したときは、もう秋葉には二店舗しかなかったな」

「その前後、江間電気のほうはどうだったんです？」

「息子さんがそっちの大学出たひとで、ＩＴには強かったんです。いずれパソコンが家電と同じくらいの秋葉の主力商品になるって見抜いていて、業態を少しずつＩＴにシフトさせていったんですね。社長が二店目のビルを買収したあと、パソコンに強い店員を採用して、ビル丸ごとパソコン・ショップにした。ニューメディア館と言ったかな。販売方法も、その革命児の店とは真逆のことをやった」

「それはつまり？」

「商品の展示、ていねいな説明、返品にも応じたし、相談にも親切だった。パソコンに詳しい店員が複数いたんで、やれたんですけどね」

「息子さんというのは、常務になった和則さんですね？」

「そうです。江間電気はだから、バブル崩壊のあとも持ちこたえたんだと思うな」

「じゃあ、経営は順調だった？」

「ええ、そのうち弟さんが三代目社長になって、エイマックスに社名変更。秋葉の代名詞とは言わないけど、外国人客にはエイマックスったら、秋葉の人気店らしいですものね。免税店やっているせいか、ショップ・ブランドのエイマックス・パソコンがあるせいか、家電店ではなくて、中国の若いひとたちには、秋葉の先端ＩＴショップというイメージができているらしいです」

エイマックスがそれほどの店だとは知らなかった。

「そうなんですか？」

「だから、中国資本が買収の話を持ち出してきたようですよ」

水戸部のスマートフォンが震えた。取り出してみると、柿本からだった。

「失礼」水戸部は立ち上がって、事務所から店のほうに出た。「どうぞ」

柿本が言った。

「おひとりで、行ったのですね」

「柿本さんがいなかったので。わたし自身の、秋葉原についての勉強のためです。関係者ではなかったので」

どうしておれはこんなふうに弁解しなければならないんだ？　と水戸部は苦笑しつつ思った。

「お互いに相談しあって、ということだったと思っていました」

「失礼しました」話を切り上げねばならない。「江間常務のところに、行けますか？」

「いまどちらです」

「昭和通り」水戸部は店の並びにある大型量販店の名を出した。「そこの近くです」

「少し早いけれど、行きましょうか。五分後に、エイマックス本店の前で」

「そうします」

通話を終えてから、自分たちの関係が逆転したかと水戸部は意識した。未解決事件捜査のプロとして、ここはもう一度、自分が主導権を取り戻さねばならない。それがたとえ、嫌味な本庁捜査員そのものに成り下がることだとしても、優先するのは担当する事案の解決だった。

江間美知子の席は、本店五階の、段ボール箱が山と積まれたフロアの奥にあった。個室ではなく、ほかにふたりの社員のデスクもある部屋だ。店内ＢＧＭがやや大きめに流れている。

案内されて、水戸部はここで質問をしてよいかどうか、ちょっと迷った。社員がいる場所では、質問次第では、美知子も答えにくいのだ。嘘をつくことになるかもしれない。

江間美知子は、グレーのスーツ姿で、顔はいくらか不安そうだ。

「おはようございます」美知子は水戸部と柿本を交互に見て言った。「ここでかまいません？　狭苦しいオフィスで恐縮なんですが」

「いいですよ」と柿本が答えた。

同時に水戸部も口にしていた。

「応接室とか」

美知子がふしぎそうにふたりに訊いた。

「どうします？」

柿本が水戸部に訊いた。

「ここじゃまずいですか？　参考人の取調べじゃないんですけど」

「街頭インタビューでもないです。応接室とか会議室とか、ありますか？」

美知子は愉快そうに訊いた。

「立ち入った話になるんですか？」

水戸部が答えた。

「刑事の質問って、しばしばぶしつけになるんです」

美知子は従業員のひとりに言った。

「下の会議室、空いているか訊いてみて」

従業員がすぐ内線で確かめた。

「空いているそうです」

美知子に案内されて階段を下り、下のフロアの会議室に入った。ここにも商品の段ボール箱が壁際に積み上げられていた。

美知子が会議用テーブルの奥の椅子に着いた。水戸部たちは、テーブルの片側の椅子に並んで腰かけた。水戸部は美知子に近いほうの椅子だ。

美知子が訊いた。

「前川さんが、父と和則のあいだにトラブルがあったと言ったんですって？」

水戸部はすぐに否定した。

「正確じゃありません。地元の誰かから、そんなことを耳にしたことがある、と、あいまいに教えてくれただけです。前川さんが何かを知っていたわけではありませんでした」

「トラブルがもしあったとして、あの轢き逃げとはどうつながります？　時計を盗んだひとは、見つかってはいないんですか？」

「捜査中なので、具体的なところはお話しできません。ただ、事故のあった時間帯、急発進していった車があったようなんです」

「轢いたあとに、あわてて逃げたということなんでしょうか？」

「まだなんとも。ただ、トラブルという言葉が出てきたので、偶然の事故以外の可能性も考えたほうがいいかなと思い始めているんです」

「和則と父が喧嘩して、父が轢いてしまったってことでしょうか」美知子は笑った。「あの日、父は振興会の集まりで、二次会に移ったところで、和則が病院に運ばれたことを知ったんですよ」

「もしかすると、トラブルというのは、商売がらみのことだったのかもしれません」

「だったら、そのトラブルの相手は父を轢いたのじゃありません？　でも、そんなふうに言われるような相手って誰だろう」美知子はひとりごとのように言った。「ご近所の商売敵と言うと、近江電気？　違いますね。近江電気がなくなったのは、まだずっと後ですし」

「お父さまにも、トラブルなどはありませんでした？」

「父は軍隊帰りでした。通信兵でしたけど、戦地に行っています。祖父もそれなりに荒っぽい土地で揉まれてきましたけど」美知子が水戸部に訊いた。「秋葉には青果市場があったのはご存じですか。やっちゃ場、と言っていましたけど、威勢のいいお兄さん、オヤジさんが働いていた場所です」

「知っています。西口の広場のあたりですね」

「平成二年まで、あったんですよ。父は焼け跡で祖父の仕事を手伝い、商売を大きくしていったんです。昭和も二十年代でしたら、それなりに敵はいたかもしれません。だけど、平成九年にもなって、まだいたとも思いません。前川さんは、父とどこかの商売敵とのあいだのトラブルと言っていたのですか？」

「そうじゃありませんが」

ふと美知子が微笑した。

「もしかしたら、父と和則のあのことかな」

「何か心当たりでも？」

「ええと、和則の部屋は、警察の方はご覧になっているんでしたっけ？」

柿本が答えた。

「交通事故でしたので、とくに見てはいなかったと思います」

「和則は、音楽好きで、自分でもヴァイオリンを弾きましたけど、聴くのも好きだったんです。ブランドのことはわたしはわかりませんが、なかなかにいいオーディオの装置を持っていました」

「ジャズ喫茶にあるような？」

「ええ。和則が若いころはＬＰを聴くことがふつうでしたけど、死んだころはもうＣＤの時代でしたね。枚数もずいぶん多く持っていました」

「それが何か？」

「うちでは、ハイエンド・オーディオを扱ってはいなかったんです。弱電メーカーのコンポとか、中級品のスピーカーとかアンプとかは売っていましたけど。それで、和則は秋葉のオーディオ専門店でスピーカーとかプレーヤーなんかを集めて、少しずついいものにしていったみたいでした」

水戸部が訊いた。

「もしかして、そのハイエンドの、って高級機ってことなんでしょうけど、江間電気商会でも扱おうとしていた？」

「いいえ。オーディオのハイエンド商品を扱うには、専門知識を持った店員がまず必要です。それに、商品の単価は高いけれども、そう売れるものでもありません。季節にはエアコンが一日三十台売れるとしても、同じ価格のコンポは一日に一セット売れたらいいほうだったでしょう。和則は、江間電気はそこには手を出すべきではないと信じて、自分はよその専門店で買っていたんです」

「お父さまも賛成されていたのですか？」

「ええ。ハイエンド・オーディオは扱わないのは、父も同じ方針でした。でも父としては、和則が買う商品も、たとえグレードは低くてもせめて自分の店で扱っているものにして欲しかった。江間電気の息子が同じ秋葉の高級オーディオ店に行くというのは、商売人として体裁が悪いということだったのでしょう」

「トラブルになったんですか？」

「トラブルというか、どうしてうちで扱っている商品で我慢しないんだと、本人の前で言っているのは見ています。それに」

美知子は現在でも秋葉原の大型店として生き残っている店の名を挙げた。

「あの時期、あそこは全館ＣＤだけのお店を出したんです。和則は、よくあのお店のクラシックＣＤのフロアに行って買い物をしていました。それを、父は同業者から、からかわれたりすることがあったようです。商品が何かはともかくとして、江間電気の長男が同じ秋葉のよその店に買い物に行ってるんですから。ＣＤが欲しいなら銀座《ぎんざ》に行けと、父は何度か和則に小言を言ったようです」

「その場をご覧になっていました？」

「いえ。和則が、また言われてしまった、と何度か言っていたんです」

柿本が確かめた。

「それは、そうとう深刻なトラブルだったんですか？　勘当するとかしないとかの言葉が出るような」

「まさか。しぶしぶ認めていましたよ。姉の立場で見ていても、父と和則とのあいだにはそれ以上のことは何もありませんでした。だからあの年の四月には父は和則を常務にして、本気で後を任せるつもりになっていました」

水戸部がまた訊いた。

「和則さんご自身は、何かトラブルなどを抱えていませんでしたか？　前川さんからは、小学校のころはからかわれていた子供だったとも伺ったのですが」

「とくにありませんが」

「ご結婚が間近だったとか？」

「え？」美知子が目を見開いた。ほんとうの驚愕と見えた。「和則が、どんなひととです？」

「前川さんもはっきりは言っていません。そろそろ結婚してもいいんじゃないか、というような言葉をかけられても、それ以前のような否定のしかたじゃなくなった、とのことでした」

「結婚をほのめかしていた？」

「そのような言葉ではありませんでしたが、近いのかと感じるようになっていたと」

「和則はどんなふうに答えていたんでしょう。はあ、とか、ぼちぼちです、とかだったのでしょうか」

「具体的な言葉は話してはいませんでした。ぼんやりとした印象だったようです。お姉さまは、和則さんの結婚というか、おつきあいしている女性について、何もご存じなかった？」

「何も聞いていません。いたのかどうかも知りません」

柿本が訊いた。

「お見合いの話などあってもおかしくはないお歳でしたよね」

「たしかにそうでしたが」

「親父さんも、やきもきしていたんじゃないですか？」

「傍《はた》で言ってもしかたのないことだったでしょう。本人がその気になっていないと」

「お見合いさせたこともない？」

「ないと思います。父からも、和則からも聞いたことはありません」

「ご親戚に、持ちかけられたとかも？」

「ないと思います」

「その高級オーディオセットのある部屋には、おひとりで暮らしていたんですか？」

「ええ」

「女っ気はまるでなしでした？」

「同棲ってことを言ってるなら、ありませんでした」

「ときどき女性がやってきたとか」

「わかりません」美知子が少しだけ険しい表情になった。「和則は、女性関係のトラブルで、轢き殺されたと言われているんでしょうか？」

柿本はあわてた様子となった。

「いえいえ、そんなことはありません。もしかして、そういうことも頭に入れて捜査したほうがよいのかもと。和則さんが何ひとつ悪くなくても、逆恨みされるってこともありますから」

「女性に？」

「あ、いや、たとえばの話です」

水戸部があいだに入った。

「そのお部屋は、もうなくなっているんでしたね？」

美知子が水戸部に顔を向けて答えた。

「和則は賃貸の部屋に入っていましたけど、事故のあとは引き払っています。数年したらビルが建て替えになったので、建物自体ももうありません」

「そんなに古いビルだったんですか？」

「東京オリンピックの前に建ったビルです。四階建てだけど、エレベーターもなかったんです」

「どうしてまたそんなビルに。いわゆるマンションではなかったのですよね？」

「もともとはオフィスビルだったのだと思います。そこをリノベーションして、住宅としても使えるようにしたビルでした。和則は、多少音を立てても苦情がこないだろうと、そこに住んだのです」

「いまはあの道路、高級マンションが並んでいましたが」

「そうですね。このあたりとはちょっと雰囲気が違いますね。秋葉から見ると、山《やま》の手《て》という感じがするところです」

「お姉さまは、事故の前にも和則さんの部屋にはいらしたことがあるんでしょうか？」

「引っ越した直後に母と一緒に行って、カーテンを見立てたりしました。あとは一、二度です。それから、弟が亡くなってから」

「亡くなられたあと、家財を整理されたのはどなたです？」

「わたしと母とです。オーディオ関連のものとかは業者さんにやってもらいましたね。たくさんのLPやCDも一緒に」

柿本が訊いた。

「ひと財産だったでしょうね？」

美知子の視線はまた柿本に向いた。

「いいえ。ご承知のように、LPやCDには値段なんてつかないみたいなものです。スピーカーとかは、中古としての相場で引き取ってもらいましたけど。あとヴァイオリンがいくつか」

「それって、億とかの？」

「まさか。アマチュアですよ。泥棒を想像してらっしゃるなら、絶対にありえないくらいの値段のものです。軽自動車よりも安かったはずですから」

「それでも、自動車並みの値段がするんですか」

「ベンツじゃないですよ。当時の軽との比較で、それよりも安いヴァイオリンです。アマチュアとはいえ、オーケストラに入るとなれば、楽器もほかのひとと合わせせなければなりません」

「すいません。音楽には疎《うと》いもので」

「警察の白バイは、ウーバーの配達のひとが乗るオートバイよりも、数段いいものでしょう？」

「ええ、最高レベルのバイクを使いますね」

「同じです。和則は大学を卒業してあのオケに入ったときに、父親を保証人にしてローンを組んで、それまでのものよりひとランク上のヴァイオリンを買ったんです。車を持つ代わりの贅沢と言っていました」

「江間電気の社長の息子さんでも、ローンが必要だったんですか」

「父は、子供たちには自分の給料の中で暮らすように、厳しく言ってましたから」

「そういえば、バッグがなくなって、キーホルダーが見つかっていませんでしたが、そのヴァイオリンが盗まれたりはしていませんでしたか？」

「警察の方にすぐ鍵を取り替えるようにアドバイスされたと思います。泥棒が入った様子はありませんでした」

「遺品の中に、トラブルを窺《うかが》わせるものなどは、ありませんでしたか？　本来なら、轢き逃げされた時点で警察が調べておくべきことだったとは思いますが」

「こまかな荷物の整理はほとんど母がしましたけれど、とくに何も聞いていません」

柿本が、困ったように水戸部に顔を向けてきた。なんとなく、取りつく島もなくなってきたという雰囲気だ。

水戸部は美知子に微笑を向けて言った。

「お姉さまに、そのようなことはないとはっきり言っていただいて、間違えた捜査をする必要はなくなりました。お父さまとのトラブルの実際もわかりましたし、ありがとうございます」

「もういいんですか？」

「ええ」言いながら立ち上がった。「ありがとうございました」

美知子も椅子から立った。

「やはり捜査は難しそうなのですね？」

「まだ始まったばかりです。二十七年間、いわばフリーズしていた事件ですので、すぐにというわけにはゆきません」

「あの時計は何かの手掛かりになりました？」

「まだ、なんとも」正確に答えることは避けた。「最後にひとつだけ。和則さんが所属していたオーケストラで、仲のよかったひとの名前など、おわかりになりますか？」

「ええ、名前だけ聞いたひとが、何人かいます。やはりヴァイオリンの、オザキタイシさんが、少し年下ですけど、わりあい親しかったと思います」

尾崎大志と書くのだという。歯科医で、当時は御茶《おちゃ》ノ水《みず》で開業していたとのことだ。JR御茶ノ水駅の南側、茗渓《めいけい》通りに面した雑居ビルの中にクリニックがあったという。葬儀にも、オーケストラの仲間十人ばかりと一緒に出てくれたそうだ。中学高校の後輩にあたるとのことだった。

「いまも、開業されているかどうかはわかりません」

当時三十五歳前後だとしても、いまは還暦のあたりか。ぎりぎり開業していてもおかしくはない。

「御茶ノ水？」

「当時は。たしか御茶ノ水歯科クリニックという名前の歯科でした」

水戸部はその名をメモした。

会議室を出るとき、美知子が一階まで送ってくれた。

裏手通用口を出るときに、美知子は水戸部と柿本を見て、頭を下げながら言った。

「ほんとうによろしくお願いします。なんでも協力いたしますので」

いましがたの、質問に気色ばんだ様子はもう消えていた。

ビルの外に出て、柿本はスマートフォンを取り出した。

尾崎大志はまだ現役の歯科医だった。御茶ノ水歯科クリニックの代表として毎日、クリニックに出勤していた。この日も出ているという。

柿本が用件を伝えると、尾崎が予約の隙間の時間を指定してきた。少し間がある。近くまで行っておくことにした。

通りを歩きだしたところで、柿本が言った。

「笑ってしまいましたね。父親とのトラブルってのが、オーディオ関連ならうちで買えっていう話だとは」

「え？」

「いや」水戸部は首を振った。「そういう話じゃなかった」

水戸部は答えずに、通りの前後を見やってから柿本に言った。

「このあたりをまたひと回りしませんか」

柿本は言った。

「いまの話、気になるんですが」

「ひとまわりしてから、歯科医の尾崎さんを訪ねてみましょう」

エイマックスの本店のある通りから二号店の前へと出て、それから総武線のガードに沿って歩いた。

歩きながら水戸部は柿本に訊いた。

「前に言った再開発は、このあたりでしたね？」

「ええ」柿本は周囲に目を向けてから答えた。「秋葉原最後の再開発とかと言われていますね。少し遅すぎたのかもしれません。エイマックスを含めて、この一帯のビルは築年数が経っていて、いささか昭和っぽいところがありますものね。神田消防署が心配しているエリアです」

「小さなビルや、ビルの一室を間借りしての商売が多そうですね。再開発計画はまとまるんでしょうか？」

「地元には反対派もいて、なかなかまとまらなかった。推進派のトップが」

柿本が口にしたのは、秋葉原の有名家電店の社長の名だった。

「反対派の旗頭が」こちらも有名な家電店の社長だった。「ま、どちらの言い分もそれぞれごもっともなんです。新しいイメージの秋葉になって、ハイテク・ブランドの集まった、もっと世界中から客が来るようなエリアにするか。地元の小さな店や企業もはじき飛ばされたりしない、いまのこの秋葉の雰囲気を残した再開発であるべきか。いや、粗雑に言ってしまえばの話ですが」

「エイマックスはどちらです？」

「積極推進側ですよ。あそこは先代社長の弟さんが秋葉で不動産会社をやってた。いまはその息子さんが社長かな。バラバラに小さな区画をけっこう持ってる地主なんです。エイマックスも含めて推進派」

万世橋のたもとまで来たところで、水戸部は提案した。

「御茶ノ水に行く前に、ちょっと喫茶店で小休止としませんか」

「いいですね」柿本は橋の南側、神田川沿いの中央線の橋脚部分を示した。レンガ造りで、アーチが神田川の川面に映り込んでいる。かつての万世橋駅にあたる建造物だ。いまはリノベーションされて、中にはビアホールやお洒落《しゃれ》なレストランなどが入って人気のスポットとなっているらしい。水戸部はその中の店のどこにも来たことはなかった。

柿本が言った。

「ビアホールがあって、神田川沿いでも飲めるんです。たしかノンアルコールの飲み物もあります」

行くことにした。

神田川に面したアーチの外には遊歩道ができていて、アーチの下の神田川から少し引っ込んだアルコーブ部分には、テーブルと椅子が置かれている。ここで神田川や秋葉原周辺の景色を眺めながら、お酒やソフトドリンクを飲むことができる。昌平橋やそのすぐ向こうの総武線の陸橋など、東京では珍しくアーチが目につく都市景観だった。

コーヒーをひと口飲んでから、水戸部は言った。

「こういうリノベーションって、いいですね。この施設は戦災には遭わなかったんですね」

柿本もコーヒーを飲んでから言った。

「須田町はぎりぎり空襲の被害に遭わなかった。秋葉原や淡路町《あわじちょう》周辺が焼け野原になったのと対照的ですね。大違いの戦後になった。先輩に聞いた話ですが」

　柿本は神田川の反対側の岸に並ぶビル群を顎で示してから言った。

「そっち側は、戦後しばらくは、板倉さんの言っていた廃品回収の集積所だったみたいです。まだどれかのビルの中に、区の清掃局の事務所があります」

「ということは、ここで川船に載《の》せて、どこかに運んだのでしょうかね」

「東京湾のどこかの埋立地でしょうかね。江間電気の初代も、もともとは廃品回収の仕事から身を起こしていったそうですから、叩き上げって言葉がふさわしいのは、初代なのかもしれません」

「二代目も、通信兵だったときのスキルを生かして、廃品のパーツからラジオを組み立てて売ったんでしょう。そちらも、やはり立志伝中のひとと思えます」

「被害者は、ここまで聞き込んできた話から想像すると、やや線が細いか」

「それでも、パソコン販売へと手を広げて、成功させている。なかなかの経営センスがあったんですね」

「そういえば」柿本は水戸部に顔を向けた。真顔だ。「さっきの、そういう話じゃなかったというのは、どういう意味なんですか？」

　水戸部は柿本を見つめ返した。まだ気づいていないようだ。

「江間美知子さんは、わたしたちが和則さんとお父さんとのトラブルの話について訊いたとき、父と和則さんとのあいだにはなかった、という言い方をしたんです。限定的にです」

「商売敵ともトラブルはないと言っていましたね」

「美知子さんの話の中で、わたしたちは最初、家族の中のトラブルについて訊いたつもりでした。お父さんとの、というのは例です。たまたまそういう噂があったから、お父さんの名を出した」

柿本は水戸部を見つめてくる。まだ話の方向が見えていないようだ。

「江間美知子さんは、お母さまのことは話題にした。引っ越しのときと、亡くなったときの荷物整理のときと。でも、江間美知子さんの話には、いまの社長である、もうひとりの弟さんのことが出てきません。和則さんが、弟さんともトラブルはなかったとは言っていないんです」

「じっさいになかったからでは？」

「ならば弟さんともなかったと、はっきり言っていい。江間美知子さんは、和則さんの弟さん、敏弘さんでしたっけ？」

「そうでしたね」

「敏弘さんの名前を、避けているかのようです」

「和則さんと敏弘さんとのあいだには、何か確執があったと？」

「確執と言えるほどのものであったかどうかはわかりませんが、お姉さんはどうやら、一族の中で和則さんの側にいたようだ、という印象です」

「それがどう轢き逃げに関係してきます？　まさか次男の敏弘さんがやったとは？」

「美知子さんは、あの時計が出てきたとき、目撃者が現われるのではないかと期待した。最初から、偶然の事故、轢き逃げなんかじゃないと感じ取っていたのでしょう。そしてきょうわたしたたちが、家庭内トラブルがあったかどうかを訊ねたときに、ふいに思い至ったんじゃないでしょうか。もしかしたら、これは弟同士の確執から起こった事件だと。もちろん感じたというだけでは、警察には口にできない。だから下の弟さんに言及するのを、意識的に避けたのです」

「事件解決のためなら、言ってくれたほうがいいのに」

「そのことに心の準備がなければ、口にはできません。もちろんいま言ったのは、江間美知子さんが何を想像したのか、その憶測です。わたしが弟の敏弘さんが関わっていると思っているわけではありません」

「だけど、水戸部さんはもう、その線をつぶそうと考え始めていますね」

水戸部は苦笑した。

「いま、正直に言えばそうですね」

御茶ノ水駅に向かって、神田川沿いの通りを歩いた。坂を登りきって、聖《ひじり》橋の南のたもとから茗渓通りに入った。そのビルはすぐにわかった。一階に書店の入った建物だ。御茶ノ水歯科クリニックはそのビルの四階にあった。

尾崎からは、十分だけ、という条件がつけられた。それ以上の長い時間が必要であれば、クリニックが終わってからにしてくれと。しかし、いわば単純な問い合わせだった。だからクリニックの開業時間中に訪ねることになったのだった。

事務室の奥の、パーティションで仕切られた応接セットに通された。すぐに尾崎歯科医がやってきた。

診察用の白っぽい服を着ていた。想像していたよりも若く見えた。脂気のない髪で、フレームレスの眼鏡をかけている。

「ごめんなさい。十分だけで大丈夫ですか」

柿本が言った。

「大丈夫です。電話でも申し上げましたが、江間和則さんとオーケストラでご一緒だったということで、少しだけ伺いたいことがありまして」

尾崎が訊いた。

「轢き逃げ事件は、まだ解決していなかったんですか？」

「まだなのですが、もう一回調べてみることになりまして」

「交通事故でも、轢き逃げの場合は時効はなくなったのですか？」

「刑事事件の可能性も、あの轢き逃げにはあるとわかってきたんです」

尾崎は、首を傾げた。

「いまになって？　もう二十五年も昔ですよね？」

「正確には二十七年ですが」

「どういう可能性なんです？」

水戸部が答えた。

「江間和則さんは、何かトラブルを抱えていたのではないかという可能性です」

尾崎は目を丸くした。

「江間さんは、誰かの恨みを買って、車に撥ねられたということですか？」

「もし深刻なトラブルを抱えていたのなら。尾崎さんは、何か耳にされていませんでしたか？ご本人が何か口にしたとかでも、噂を耳にしたということでもいいのですが」

「いや、よくは知りませんが。トラブル？」

「会社とか、事業にまつわることでも」

「いいえ。江間さんは、温厚なひとでしたし、会社のことなどは、ぼくはまったく耳にしていなかった。何の仕事をしているのかは聞いていましたけれども」

柿本が訊いた。

「あのころ、結婚話が持ち上がっていたとか？」

尾崎はこんどは目が飛び出るかというような驚きを見せた。

「江間さんが、結婚？」

「ええ。するんじゃないかと、古いお友達も感じていたようなんですが」

「それは、知らなかった。そんなこと、あるかな」

「所属のオーケストラで、何か女性をめぐってのトラブルなどはいかがです？　女性には人気のあるひとだったと聞いていますが」

「とくに耳にしたことはありません。結婚の話も、根拠はないと思います」

「何か確信でも？」

「ええ。江間さんは、その」尾崎は口ごもって、声が小さくなった。「その、ずいぶん前に亡くなったから言えますが、江間さんはゲイでした」

柿本が驚愕した。まったく予想外の言葉であったようだ。

水戸部は、やはりそうであったかという思いだった。もちろん、だからこの事件の様相が見えてきたというわけではないが。

尾崎は小声のままで言った。

「もしこれ以上お聞きになりたいのであれば、クリニックが終わってからではいかがでしょう。ひとの耳のあるところで、大声で話すことでもないので」

水戸部は柿本と顔を見合せ、うなずいてから立ち上がった。

5

いま来た坂道を下った。ふたりとも無言だ。

万世橋署に戻り、専用の会議室に入ってから、水戸部と柿本は向かい合った。

柿本が困りきったように言った。

「被害者がゲイであったことを、家族はまったく知らなかったのでしょうかね」

水戸部もわからなかった。

「最初、美知子さんの言葉には、それを感じさせるものはありませんでしたよね。三十八歳まで独身というけど、世の中には結婚が必ずしも人生の課題ではない男がいる。わたしも、和則さんはそのタイプかと思い込んでいた」

「男と女のあいだも厄介ですが、被害者がカミングアウトしていなかったゲイだったとなると、人間関係はもっと厄介だ。痴情のもつれで決まりかな」

「そういう刑事事案だと?」

「急発進して、逃げていった車。故意に当てたという線がもう濃厚でしょう?」

水戸部は同意できなかった。

「そういうもつれがあって破局となったとき、轢き逃げ殺人になるかどうか」

「どういう意味です?」

「破局を解決する手段です。つまり殺人の手口。絞殺とか刺殺となるのが自然に感じますが」

「そんなものですか?」

「そういう事案の場合、計画的に、相手がひとりになるのを待って車で撥ねる、とはならないように思うのです。統計的な話ではありませんが」

柿本が沈黙した。表情を見たが、水戸部の見方に同意したのか、それとも賛同できないという顔なのかわからなかった。彼も水戸部の見方を吟味しているのかもしれない。

柿本が、首を振りながら言った。

「手口からでは、ゲイ同士の痴情殺人を否定するのは弱すぎませんかね? 世の中には、機械を使いこなすゲイもいませんか?」

「痴情殺人で、待ち伏せ、轢き逃げという解決が、どうもしっくりきません。ないわけではないでしょうが」

「これが男女関係の事案と仮定して、男が被害者なら、たしかに、わたしはその、刑事事案には素人ですが、たしかにしっくりはきません。でも、これは、被害者が、いまゲイだとわかったんですよ」

柿本の言葉に感じられる微妙な偏見と差別意識が気になった。身近にも、同じようなことを言うと想像できる同僚は多いが。

水戸部は話題を変えた。

「いずれにせよ、その判断は尾崎さんの話を聞いてからにしましょう。ただ、わたしは、いまの尾崎さんの話を聞いても、まだむしろ家族の中を探りたい気分です」

「そうですかあ」柿本は同意しなかった。「わたしにはまだ、美知子さんは、家族のトラブルなどなかった、と言ったという印象なんですけどもね」

「わたしの見方も」と水戸部。「刑事部門の性《さが》なのかもしれませんが。語られなかった部分にこそ真実がある、と考えがちなのは」

「あの尾崎という歯医者自身はどうなのでしょうかね？　自分と江間和則とはゲイの仲だったと言ったのかどうか、判断できなかった」

「そうは言っていなかったと思います。葬式には出たでしょうけど、美知子さんもとくに親しい人物とは認識していなかったのですから」

「そうか。自分がそうだったとしても、轢き逃げで和則さんが亡くなった後に、あえて告白する必要はなかったか。それまで家族の中では、そのことがトラブルにもなっていなかったのかなあ。ありうるかなあ」

「トラブルと聞いて、美知子さんが思い出して笑ったのは、ＣＤは銀座で買えと父親が言っていた、という和則さんの言葉です」

「いや」と柿本が首を振った。「それでも、同族企業の長男です。父親は、かなり焦ってもいたはずです。職業人として有能だったのだから、父親も継がせたいとは思っていたはずだ。じっさいその事故の半年前には常務にしている。逆に、美知子さんが何も気づいていなかったという推測は、やっぱり奇妙じゃないですか」

「結婚のことでは、父親と解決がついていた可能性はどうでしょう。たとえば、見合いして、偽装結婚すると」

「父親は、和則さんがゲイであるとは知らずに、その結婚話に乗った？」

「日本では、自分がゲイであることを隠して結婚するひとも少なくないはずですよね。カミングアウトはリスクが大きすぎる。和則さんは、いずれ江間電気を継ぐことが確実となった以上、偽装結婚に踏み切ることにした。深いつきあいではない女性と、という推理はどうです？　前川さんの言う、結婚をいよいよ決めたと見える雰囲気はそのせいだったのかもしれない」

「でも、美知子さんは見合いの話も、結婚の話も知らないようだった」

「そうですね」水戸部はいまの自分の読みの甘さを認めた。「父親が事情を知ったうえで、偽装結婚を承諾したわけでもないのか。二十七年前ではもう、少なくとも東京では、ゲイだから勘当だ、という時代でもなかったはずだけれど」

「秋葉の、同族企業を営む一族の話ですから、わたしたちみたいな地方公務員の家族とはまた違った雰囲気があるんじゃないですかね」

「今夜、尾崎さんに、和則さんの私生活を聞けるといいのですが。同性の恋人はいたのか、その彼との将来はどういう希望になっていたのか」

柿本がうなずいた。

「痴情のもつれの可能性が出てきたけれども、わたしも、江間一族のことを、もう少し知るべきかという気持ちになってきましたね。同族企業の長男が三十代になっても結婚しない場合、父親が困っていただけじゃなく、次男も困っていただろうな。独身の兄貴が三十八歳にもなったころには」

「それが秋葉の商家の慣習ですか？」

「秋葉に詳しいわけじゃないですけど、東京の同族企業の一般的な傾向として、という話です」

「和則さんが常務になったのが、三十八歳の年の四月。もう江間ファミリーでは後継問題は決着がついたという意味に取れますよね」

「次男の学歴や職業歴、昇進の時期なんかも、一応目にしておく必要が出てきましたかね」

「そもそも敏弘さんは、ずっと江間電気で働いていたのかな」

「もうひとり、先代の弟さんが、秋葉で不動産業を営んでいた。身近で、気にしていたでしょう」

「いまはその息子さんがやっているんでしたか。たしかに当時、先代の弟さん、被害者から見て叔父さんだって、江間電気の後継問題には関心があったでしょうね」

「秋葉の消息通を探してみましょうか」

水戸部は午前中に会った千葉の顔を思い起こした。彼にもう一度会うことになるか。ここは地元万世橋署の柿本の伝《つて》を頼るか。

「お願いします。パソコンもお借りします。公開データでわかることだけでもまず調べてしまいたい」

柿本が時計を見て言った。

「少し遅くなったけど、昼休みにしますか。二時にこの会議室であらためて」

同意した。


万世橋署のパソコンを使って、水戸部は公開されている江間電気のデータや、経済誌などの記事から、株式会社江間電気商会、現在の株式会社エイマックスの概要をつかんだ。

二代目の社長・江間清一郎は、二〇〇一年に七十三歳で亡くなっていた。江間電気社長はすぐに次男が継いだ。和則が亡くなった翌年に常務となっていた江間敏弘だ。

二〇〇八年に、専務のつね子が亡くなって、専務となったのが、清一郎の弟の敬二《けいじ》だ。自分の会社の社長を兼ねての就任だ。美知子がこのとき常務となった。

敬二が二〇一〇年に亡くなり、その後専務に就任したのは敬二の息子の夏樹《なつき》だ。不動産会社のほうも、夏樹が継いでいる。

つまり江間敬二とその息子が、江間電気に深く関わっているとわかった。この同族会社内でも、それなりに株を多く持っているのだろうか。

十年ほど前の、経済雑誌のオンライン記事も見つかった。秋葉原の変容についてのインタビュー記事だが、簡単な経歴が載っている。

この略歴によれば、敏弘は和則の三歳下で、和則の事故当時三十五歳だった。彼は秋葉原の区立芳林小学校を卒業したあと、やはり区立の練成《れんせい》中学校、上野にある私立の普通高校を卒業している。大学は新宿区の私立大学経営学部。中学、高校と柔道部。大学での部活動は書かれていない。

大学卒業後、中央区に本社のある家電メーカーの営業部に勤めている。これはもしかすると、コネ入社ということなのかもしれない。秋葉原の家電店の社長の子供であれば、大手の家電メーカーには採用枠はあったろう。三年勤めた後、江間電気に入社している。趣味はゴルフと書かれている。結婚していて、一男一女がある。妻の留美《るみ》は、最初に勤めた家電メーカー本社の社員だった女性だと、記事では紹介されていた。

水戸部は、江間一族ひとりひとりの名と、出生年、それに略歴の簡単なメモをノートに記した。和則、敏弘の兄弟は、会社組織の中では、被害者の和則が技術系、その弟の敏弘が営業系というタイプの差と言えるのだろう。経営者として、どちらのタイプに適性があるかまでは、一概には言えない。社会人としてどれだけの経験を積むかによるだろうか。

江間電気商会の場合は、パソコン・ショップを成功させた和則も、三代目社長として会社を存続させている敏弘も、全然不適格ではなかったのだ。

江間美知子の情報が少ないことに気づいた。そもそも彼女は、離婚して江間姓に戻り、子育ても一段落したので江間電気商会で働くようになったと言っていた。それ以前の仕事歴や離婚の時期は聞いていない。学歴もだ。社会人としては、技術系なのか、営業系なのか、それともべつの専門性と性向を持っているのか。このあと、その情報が必要になってくるかもしれない。水戸部は胸に留めた。


午後の六時五分前に、水戸部は柿本と一緒に御茶ノ水歯科クリニックに入った。

最後の予約患者の治療も終わったところだという。歯科衛生士や事務員が、クリニックを出るところだった。

水戸部たちは、待合室に招じ入れられた。

尾崎は、水戸部たちと斜《はす》向かいになる格好で椅子に腰を下ろした。少し居心地が悪そうだった。

水戸部がまず質問した。

「江間和則さんがゲイだとのこと、ご本人が言っていたのですか?」

訊きながら、水戸部は尾崎の左手を見た。薬指にも、ほかの指にも指輪はしていない。この年齢の歯科医だと、指輪はしないのがふつうかもしれない。

「ええ」尾崎は小さな声で答えた。「そう打ち明けられました。いや、それほど大げさなものじゃないな。江間さんが三十代なかばのころです。何かの拍子でふたりきりになったとき」

「どんなときです？」

「一緒の市民オーケストラの練習のあとだったと思います。メンバーのひとりの女性から、確かめてくれないかと頼まれたことがあったんです。江間さんにはつきあっている女性がいるのかどうかを」

「女性には人気のある方だったようですね？」

「それは、江間さんがたくさんの女性とつきあっていた、と言っているんですか？」

「いえ、言葉どおり、人気があるひとだった、と聞いたものですから」

「楽団員の女性には、好かれていましたよ。性格はいいし、いまで言うイケメンとは違うけれども、お洒落で、女性への接し方も、優しかった」

柿本が言った。

「しかも、ヴァイオリンを弾いた」

尾崎は微笑した。

「女性楽団員には、音楽好きであることは、つきあう男性の最低限の条件になります」

水戸部がまた訊いた。

「先生は、江間さんの私生活を知っている、と思われていたのですね？」

「何も知りませんでしたけれどね。もちろん江間電気商会の社長の息子さんだってことは知っていた。中学・高校と同窓ですし。わたしがあのオーケストラに入って、なんとなく仲よくなりましたが。わたしは父が開いたこのクリニック勤務で、いわば職場も近かったせいもあるかな」

「それで、その女性の質問を、江間さんにぶつけてみたんですね？」

「ええ。わたしは、江間さんが完全にガールフレンドなしとは思えなかったので、稽古のあとに数人でお酒を飲みに行って、ふたりになったときに訊いたんです」尾崎はいったん言葉を切り、水戸部と柿本を交互に見てから言った。「そのときに、江間さんが答えました。ぼくは、ゲイなんだ、と」

「それは、どんな調子でした？」

「どういう意味です？」

「つらそうにか、得意そうにか、そのときの江間さんの気持ちはどのようなものだったのかと思って」

「すまなそうにですね。申し訳ないです、と言ったみたいな。いや、もうちょっと深刻そうだったな。C型肝炎なんです、と告白したみたいな」

「それで先生は？」

「驚いて、わたしが謝りました。プライベートなことを訊いてしまってすみませんと、しどろもどろになって。すると江間さんのほうが動揺して、いや、こんなことをそのひとに伝えてもらうわけにはいきませんね、という意味のことを言ったと思います。つきあっているひとがいる、とぼくが言っていたと伝えてくださいとのことでした。無茶苦茶に気まずい時間になった。そこに、席を外していた楽団仲間が戻ってきて、その話は終わりました」

「そのようなことを、どうして先生にはあっさり答えたのでしょう？」

「わたしの質問の調子が、きっとストレートすぎたのでしょう。つい江間さんも真剣に答えてしまったんじゃないかと思います」

「先生は、江間さんの答えを信じました？　ゲイだという部分ですが」

「ええ。あとになって思い返して、ああ、そうだった、自分は鈍かったと思い直しました。ゲイだと打ち明けられれば、そうかと納得できた。つきあっている女性がいるか、などと絶対に質問してはならなかった」

「同じオーケストラの中に、そのことを知っているひとはいました？」

「ううん。いないと思いますが、うすうす疑っていた楽団員は、いてもおかしくはなかったと思います」

「もうひとつ、自分にはつきあっているひとがいる、という部分は、ほんとうだったのですか？」

「ああ。信じました。その日以降、江間さんは、どっちみち教えてしまったのだから、ということなのか、恋人のことを聞かせてくれるようになりました」

「同性の恋人？」

「ええ」

「江間さんは、恋人、という言葉を使っていたのですか？」

「いえ。だいたい、友達、という言い方でした。でも、前後の文脈で、それが恋人という意味だ

た。

戸惑ったように尾崎は水戸部を見つめてきた。それを言わせるのかと、咎《とが》めている顔にも見え

「その友達とは、どのようなつきあいかただったのでしょう？」

とはわかりました」


「自分の誕生日に、一緒にお酒を飲んだとか。小旅行をしたとか、と聞いたと思います」

「小旅行というのは、泊まりがけで？」

「そこまでは聞いていませんが。日帰りなのかな。江間さんも、会話の流れで何か言わなければ不自然かなというときに、ちらりと出した程度です。積極的に、そういう話題を自分から持ち出して話していたわけじゃありませんでした」

「それが、オーケストラを辞める前だというと？」

「ゲイだと教えられたのは、江間さんが、三十三、四歳のころでしょうか。それから少しして、江間さんが家業の仕事が忙しくなってきて、オケを休会した。正式に退団したのは、亡くなる半年くらい前だったんじゃないかな。葬儀には、オケの友人たちも何人か行きましたよ」

柿本が訊いた。

「江間さんは、その友達の名前は出しました？」

「一度だけ」

「名前を教えてください」

水原千里《みずはらちさと》、と尾崎が答えた。

「年下の美容師とのことでした。たしか、御徒町にあった美容院に勤めていたと聞きましたが。わたしは、紹介されたわけではありません」

「店の名前を知っていますか？」

「名前まではちょっと。そうだ。昭和通りから東に入った雑居ビルに、当時、たしか花菱《はなびし》コーヒー店という喫茶店があったんですが、そのビルの二階にあった店です。昭和通りを歩いてきて、その喫茶店の前で江間さんがビルに入っていったのを見たことがある」

柿本が水戸部を見てうなずいた。調べはつくでしょう、という顔だった。

水戸部はさらに質問した。

「江間さんは、その水原さんを含め、つきあっているひととのあいだで何かトラブルなどあったようでしたか？」

「オーケストラのときに？」

「ええ」

「いえ、わかりません。そもそもあまり私生活のことを話すタイプのひとではなかったし」

「相談を受けたこともありません？」

「ないですね」

「いいおつきあいが続いていた、ということですね？」

「だと思いますけど。そう、ただ、自分がゲイだと告白されたときのことも思い出すけれども、そのことで苦労はいろいろあるのだろうな、とは感じていました」

「具体的には？」

「わたしにはカミングアウトしてしまったけれど、無神経に広めるべきではない話です。いままでもある程度そうでしょうけど、日本の多くのひとは、身近にいる男性がゲイだと知ったら、戸惑うのではないですか。身内も、受け入れ難かったはずです」

「そのころも、まだそうでした？」水戸部は、時代の感覚がそうであったかどうか、はっきり覚えていなかった。ただ、そのころ、あるいはそれ以前に採用の警察官だと、かなりあからさまに嫌っている者がいることは確かだった。

尾崎は答えた。

「まったくの偏見ですけど、三十年ぐらい前だと、まだ日本社会は例のエイズ・パニックが尾を引いていた時期ですし」

「損害賠償請求の裁判もありましたね。薬害エイズの患者さんたちが原告になった」

「歯科医はあの時期、そちらのニュースには敏感でした。ようやくの和解成立が、九六年です」

「江間さん自身は、そのことで問題を抱えているようでしたか？」

「彼は、江間電気の社長一族の長男ですよね。ぼくのうちには後継者問題が出ていて、と、冗談めかして、でも悲しそうに言ったことがあったな」

「問題というのは、江間さんがゲイであることに関連することなんですね？」

「そう取りました。三十代で結婚していないわけだし、親御さんは会社を子供のうちの誰に継がせるか、困っていたのではないかと考えました」

「そう江間さんが言っていた？」

「いえ、わたしの憶測です。このクリニックは父が開設したものですが、わたしがもしゲイで子供を持たないとしたら、父も多少は困ったことでしょう」尾崎は言い直した。「いや、親父はリベラルだった。継がせようという気持ちが、そもそもなかったかもしれないな。すいません、うちのことなど」

柿本が訊いた。

「江間さんを狙っていたその楽団員とは、江間さんはどうなりました？」

尾崎は驚いた顔で柿本を見つめた。

「何も。江間さんがつきあえなかった理由は、いまお伝えしたとおりです」

「江間さんはバイであったのかもしれない」

「そこまでは知りませんが、その女性は、そうですかと、それ以上江間さんに接近することはありませんでしたよ」

水戸部はまた質問した。

「先生が江間さんと最後に会われたのは、いつごろでしょう？」

「亡くなった年です。年度末にオケのお別れ会がありました」

「最後に会ったとき、何か変わった様子とかはありませんでした？　心労があるようだったとか、落ち着きがなかったとか」

「いえ」尾崎はすぐに首を振った。「逆に、それまでより元気そうだった。わたしはそのことを口にしたのを覚えている」

「健康そうだったという意味ですか？」

「いや、そういうことではないな。江間さんは、ずっとどこか学生っぽい雰囲気があったんですけれど、勤め人として成長したみたいな。いや、それとは違うか」尾崎は言葉を探して続けた。

「単に、老けたということかな。髪も少し薄くなってたように感じた。だけど、いわばちょっと貫禄も、というか、落ち着いた大人の雰囲気が強くなっていた。それで、お元気そうですね、と声をかけたんだったかな」

「江間さんは、なんと答えていました？」

「仕事のせいかな、と言っていたかな。はっきり覚えていないけど、何かそういうようなことでしたね」

少し間が空いて、柿本が、ええと、と言いかけたけれども、言葉が続かなかった。

尾崎が壁の時計を見た。

水戸部も目をやった。午後六時三十分だった。

水戸部は立ち上がって言った。

「ご協力、ありがとうございました」

「どういたしまして。古い事件なのに、こんなふうに轢き逃げ犯人を追い続けるんですね」

「単純な交通事故ではない可能性も消しきれてないので。また伺いたいことが出てくるかもしれませんが」

「クリニックの終わったあとであれば、いつでもかまいません」

礼を言って、水戸部たちはクリニックを出た。


ビルの出入口まで来たところで柿本が立ち止まって水戸部に言った。

「ちょっと待ってください」

水戸部も立ち止まると、柿本はポケットからスマートフォンを取り出した。

「柿本です。ちょっと調べてもらえますか」

万世橋署にかけたようだ。

「台東四丁目、花菱コーヒーって店の入っているビル。そのビルの二階に、美容室があるかどうか。あったらその名前。このまま待ちます」

このあと、その美容室に行くつもりでいるようだ。この事案に乗ってきたのだろうか。これまでのことを考えると意外だった。定時には仕事を切り上げたくて仕方がない捜査員だったのだから。

水戸部は、柿本の横で黙って、返事が来るのを待った。

柿本が言った。

「ある？　ケン・ウエノ？　ずっと？　わかった。どうも」

柿本は、水戸部に、もう少し待ってくださいと言うように指を立てて見せてから、どこかに電話をかけた。

「ケン・ウエノさん？　万世橋警察署の交通課です。柿本と言いますが、いまそちらのお店には、水原千里さんはいらっしゃいます？　あ、もう退職されてる。いつごろです？　昔？　二十年くらい前？」

柿本が相手の答をいちいち繰り返している。水戸部に聞かせるためだ。それにしても、退職時期が二十年前とすぐに答えられる店員が、最初に電話口に出てくれたのだ。店長クラスかオーナーか。どちらにせよいい偶然だ。

「いまどちらにいらっしゃるか、おわかりになりますか？　あ、いえ、交通関係のことです。少し伺いたいことができまして。緊急と言えば緊急です。ええ、もしどなたかが携帯番号知っていれば」

柿本はまたスマートフォンを耳から離した。コールバックを待つようだ。

三十秒ほどで、柿本のスマートフォンに着信があった。

「ああ。はい。湯島？　はい、働いている？　ビューティ湯島。美容室なんですね？　あ、いえ、それはこちらで調べてみます。ありがとうございます」

水戸部は、自分のスマートフォンでビューティ湯島を検索した。すぐに見つかった。簡素なホームページがあって、アクセスと地図を確認できる。従業員の名は出ていないし、もちろん写真もなかった。ごく小さな規模の美容室なのだろう。雑居ビルの中にあるようだった。営業時間は朝十一時から夜八時まで。

柿本が言った。

「まだ営業中だ。行きますか？」

少しうれしそうだ。被害者の痴情のもつれ、という線が出てきたという判断なのだろう。

水戸部は同意した。

「行きましょう」

こんどは、さっき歩いた道を逆に下った。中央線の鉄路沿いに万世橋方向へ進み、昌平橋通りに入るのだ。

歩きながら、柿本が水戸部に訊いた。

「被害者の周辺、水戸部さんは気にはならないのですか？」

水戸部は答えた。

「そんなことはありません。でも、まだ被害者の私生活からは何も、事件性を匂わせる情報は出てきていません」

「ゲイだった。被害者には秘密があった。というか、隠しておかなきゃならない私生活があった」

「ゲイであったことは犯罪ではないし、尾崎さんからも、犯罪を隠していたという情報なんてひとつも聞いていませんよ」

「ふつうの人間じゃなかったんですよ」

「性的な指向は多数派ではなかったかもしれませんが」柿本とこのことを論じるのは無意味と思えた。逆に訊いた。「柿本さんが気になったのは、尾崎さんの話のどの部分です？」

「被害者、半年ほど前は、さっぱりした雰囲気だったとのことでしたね」

「そういう言い方でしたか？　印象が変わったという意味のことは言っていましたが」

「元気そうになったとか。大人っぽくなったとか」

柿本も水戸部も、いまの尾崎の話については、メモは取っていない。事情聴取とは違うし、供述でもないのだ。正確な言い回しを、再現するのは難しい。

「でも、それがどうかしましたか？」

「男がさっぱりとして見えるのは、女ときれいに別れられたときじゃないですかね。別れたいのにずるずる別れられないとき、悩んでいるわけですから、男は暗くて、いらいらしていますよ。被害者は、むしろ尾崎さんがはっきり記憶するくらいに、それまでとは違って元気そうだった。大人になったように見えた」

「単に体調のことなのかもしれません」

「事案の前、ゲイの被害者は、同族企業の後継者となれるかどうかで悩んでいたはずです。周囲も心配していたでしょうね。でも、退団のお別れ会？　事案のちょうど半年ぐらい前のですよね。そのときは、友達の目から見ても、それまでと印象が違って元気そうだった。その直後の四月に常務昇進です」

「関係がありますか？」

「常務になるために、被害者は問題の恋人と別れたんですよ。でも、それを相手は恨んだ。常務になるか、自分を取るかで捨てられた相手は、恨みから被害者を狙うようになった」

「殺そうとですか？　それが急発進した白いワゴンだという解釈ですか？」

「仮説、ですが。これをつぶしてみる価値はあるでしょう」

柿本の言葉が妥当かどうか、水戸部は自分の経験を思い起こしてみた。ふつうひとは、恋が成就したとき、元気そうにも、明るくも、自信ありげにもなるのではないか。

そうだ、と自分の学生時代のことをひとつ思い出した。かなわぬ恋に悩んでいた女子同級生が、恋の展望が拓けたときから、いわゆる「憑《つ》き物が落ちた」ような顔となったことがあった。顔だちまで変わったと思えるような、印象の激変だった。たしかにそのような肯定的な事情の場合ならあるだろうが。

しかし被害者の場合、元気に見えるようになったときも、恋人と同棲を始めたようではない。周囲に自分たちの関係を認めてもらったわけでもないのだが。

柿本がもう一度訊いた。

「つぶす意味はあるでしょう？」

「ええ」水戸部はうなずいた。


ビューティ湯島に電話すると、水原千里はそこも六、七年前に辞めて、湯島で美容室を営業しているとのことだった。チサト・ビューティサロンという店で、水原がオーナーであるらしい。

電話すると営業中だった。水戸部は用件を全部は言わずに、話を聞かせてもらいますとだけ伝えて湯島に向かった。

チサト・ビューティサロンは、三階建てのビルの二階にあった。狭い階段を上って、ドアのガラス越しに中を見た。椅子が二脚の小さな店だ。客はおらず、水原らしき男が隅の椅子で週刊誌を読んでいた。ドアのカウベルの音で、男は顔を上げた。

細身で細面、長めの髪を金色に染めている。若いころは、かなり可愛いタイプの青年であったろうと思えた。

「あ、刑事さんたち?」

柿本が言った。

「水原さん?」

「ええ」

「いま、いいかな?」

「どうぞ。きょうはもう予約もないし」

ひとあたりのいい声の調子であり、言葉づかいだ。

水原は、水戸部たちに名刺を渡してくれた。渡すときに、水原は水戸部の頭に少しだけ長く目を留めたような気がした。短めに刈った髪が少し伸びているのだ。もう二カ月、散髪には行っていない。

水原は何も言わずに、自分が週刊誌を読んでいた隅の椅子を示した。

水原は、水戸部たちの斜向かいの椅子に腰を下ろして言った。

「どんなことを訊かれるんだろうって、どきどきしてるんですけど」

　柿本がまた言った。

「江間和則さんのこと。つきあっていましたよね」

「あ」水原は驚きを見せた。「江間ちゃんのことなんて、しばらく思い出したこともなかった。古い話ですよ」

「三十年くらい前？」

「うん、その前後かな。でも、亡くなる前に別れたんですよ」

　事故死のことを知っていた。

「別れたのは、正確にはいつです？」

「え？　正確に？」

「おおよそでもいいけど、亡くなるどのくらい前です？」

「二年か、三年前かな」

「別れるとき、トラブルなんてなかった？」

「べつに。同棲していたわけでもないし、きれいな終わりかただった」

「別れた理由は？」

「まあ、ひとつじゃない。わたしとの歳の差もあった。わたしはまだ二十代だったし、いろいろと性格の違いもわかってきたし」

「別れた理由は、あんたに新しい恋人ができたから？」

「恋人なんて」水原の言葉は中途半端に切れた。「なんとなく会っても楽しくはなくなってきて、べつのところで遊ぶようにもなったし」

「恋人ができた？」

「ま、結果としてそういうことだったかも」

「江間さんのほうには？」

「いなかったと思う。器用なひとじゃなかったし」

「トラブルはなかった？」

「ないって。きれいに終わったの。もう会うのはしばらくやめましょうってことになって、そのしばらくが、ずっと続いた」

「江間さんは、あんたに恋人ができたことを承知で別れた？」

「何があったの？　ずいぶん前のことだよ」

「あんたと別れたあとに、轢き逃げで死んでいる」

「知ってる。お葬式には出なかったけど、ひとりでお酒を飲んだ」水原が表情を変えた。「わたしが轢いたと言ってるの？」

「まだあの轢き逃げ事件の犯人は見つかっていないんだ」

「時効ってならないの？」

「もし刑事事件なら。交通事故じゃなくて、故意に撥ね飛ばしたんならね」

「わたしは運転できない」水原は苦笑して首を振った。「そんな言い訳することもないのか。わたしは江間ちゃんを轢いたりしていない。別れても、江間ちゃんを嫌いにはなっていない。大事な思い出として、胸にしまってきた」

水戸部が訊いた。

「江間さんと知り合ったのは、どこでです？」

水原は水戸部に顔を向けてきた。

「御徒町のお店。ケン・ウエノで。江間ちゃんはお客さんだった。二回目に来たときに、食事に誘ってくれた。品のいい、清潔な感じのひとだったし、年上だけれど、わたしをきちんと大人として扱ってくれた。すぐに深い仲になった。わたしは地方出だけど、江間ちゃんは都会っ子で、格好よかった。素敵だった」

「どのくらい続いたんです？」

「三年、ううん、四年くらいかな。江間ちゃんは、一緒に暮らすことには乗り気ではなかったし、その点で将来もないとは思っていた」

「そのことで揉めたことは？」

「ありません。わたしも、我儘《わがまま》を言って困らせたくはなかった。でもそのうちに、わたしも東京に慣れてきたし、同世代のひとともつきあうようになった。楽しさは、やっぱり年が同じくらいじゃないと続かないとわかってきて、それでわたしから言い出した」

「別れを？」と、また柿本。

「ええ」

「どんなふうに別れを切り出したんです？」

「ううんと、こう言ったかな。江間ちゃんには、教えられたり、楽しませてもらうことばかりで、自分には江間ちゃんにして上げられることは何もない。対等に、ためくちでつきあえるひとがいいって」

「水原さんにとって、恋人としては何人目です？」

「ふたり目」

少ない、と水戸部は感じたが、嘘かどうかは判断がつかなかった。

柿本は続けた。

「別れるときは、もう恋人がいたんですね？」

「切り出したときはね。だけど、トラブルなんてなかった。江間ちゃんは、わたしが話し終えると、わかったって、幸せになってくれって。その別れ話をしたのはこの近くの飲み屋だったんだけど、それが最後」水原の目がうるんできた。彼は柿本から目をそらして続けた。「江間ちゃんは怒ったり、不機嫌になったりしなかった。大人だった。別れたとき、自分は間違えたことをしてると思ったくらいに、大人で、格好よかった」

「別れた正確な時期、思い出せないか？」

「ううんと、阪神大震災の年だった。青島《あおしま》が知事になったのも、一緒の年でしたっけ？」

「そうだ」

「都知事選挙のあと。青島のポスターを覚えてるわ」

「新しい恋人とはその後は？」

「そのひとも、そんなに長くは続かなかった。やっぱり同棲はしていない」

「その恋人は、いまは？」

「その子は故郷《くに》に帰った。福島。いまは連絡も取っていない」

水戸部が訊いた。

「江間さんとのつきあいの顚末《てんまつ》を知っているひとは、いますか？　時期を含めていまの話を裏付けてくれるひと」

「ほんとにわたし、轢き殺したって疑われているの？」

「いいえ。完全に捜査対象から消したいんです」

「知っていたとすれば」

水原は、当時ケン・ウエノで同僚だったという美容師の名を挙げた。いまは美容師を辞めて、スナックを開いているという。店は鍛冶町《かじちょう》、神田駅の東口とのことだ。店の名は、「ロシアンブルー」。猫の種類から取ったものだろうか。

「ご協力ありがとうございました」と水戸部は水原に礼を言った。

店を出てから、柿本が言ってきた。

「神田駅東口、行ってみましょう」

水戸部は驚いて言った。

「もう八時になりますよ」

「スナックであれば、今夜のうちに訊きに行くのがいいでしょう。そうすれば明日朝から、江間電気の一族の秘密のほうを聞き込みできますから」

そちらが楽しみになってきているのか。

柿本の言葉は一理あったから、水戸部も賛同した。遠くはないのだ。


「ロシアンブルー」の入るビルの外に出ると、柿本が言った。

「こっちの線は消せました。明日からは、いよいよ江間一族の秘密のほうですね？」

妙にうれしそうだ。

水戸部は言った。

「周辺から情報を集めたいところです」

「江間常務は、何も知らないようですが」

「いや、きょうの話ではむしろ、何か小さな疑念が膨《ふく》らんできたという印象でしたよ」

「印象？」

「直感と言えるほど、わたしも経験があるわけではありませんが」

「さっさと言ってくれたら、こっちがそこを捜査するのに」

「疑念であって、何かを知っているというわけではないからでしょう」

「明日は？」

「十時に、万世橋署に出ます」

その夜はそこで別れた。

神田駅の駅舎に入ってから、この時刻であれば、まだ千葉博正のメイド・カフェが開いていることに気づいた。柿本と組んで回らねばならぬ関係者ではなく、秋葉原の情報通にもう一度会って一般的な話を訊くだけだ。ひとりで行ってもかまわないだろう。

行くと、店はかなりの賑わいだった。二十人以上の客が入っているだろうか。日本語だけではなく、英語とか中国語らしき言葉も聞こえた。十人前後と見えるメイド服の女性たちが忙しそうに立ち働いている。

カウンターで用件を告げると、すぐに事務所に案内された。

千葉はうれしそうに言った。

「もう非番ですよね。楽しんで行ってください」

水戸部は苦笑して首を振った。

「違うんですが、五分だけまた、江間電気関連のことを教えてください」

「いいですよ。知ってる範囲で」

応接セットに向かい合って、水戸部は訊いた。

「秋葉原の家電店の店員同士って、わりあい狭い範囲で情報交換をしているとのことでしたね？」

「ええ。どれほど信憑性ある話なのかは別としても」

「二十七年前、先代の長男の江間和則さんが常務になったころ、江間電気の店員さんだったひとをご存じないですか？　できるだけ年配の、その年の前後の江間電気を知っている方で」

「あのころいたひと？　いまも江間電気の社員でですか？」

「もう退職していてもかまいません」

「何人か知っていたけど、ええと、誰がいるだろう」

千葉は、ちょっと失礼と言ってデスクのノートパソコンに向かい、いくつか画面を見ていた。

やがて千葉はスマートフォンを耳に当てて、誰かに電話した。

「しばらく。いまいい？　いや、それほどでも。ところで江間電気一号店の副店長だった高橋《たかはし》さん覚えてる？　うん。あのひと、いまどこだろう。ちょっと教えてもらいたいことが出てきて」

千葉はデスクのメモ用紙に何か書きつけた。

「サンキュー。こんどまた来てよ。中国からの帰国子女が入ったんだ。中国からのお客には大人気だよ。うん、じゃあ」

通話を切ると、千葉は応接セットに戻ってきて言った。

「二十年ぐらい前に辞めた店員さんが、近所で働いていますよ。ドラッグストアで」

「家電店じゃなく？」

千葉は全国チェーンのドラッグストアの名を出した。

「そこの秋葉原店。いまも現役。マネージャーだそうです」

「専門外なんでしょう？」

「ま、家電店やっていれば、つぶしは利きます」

「二十年前にドラッグストアに移籍した理由ってなんでしょうかね」

「いや、ドラッグストアに移ったのは、もっと後です。当時の大手家電店に移ったはずです。そこももうなくなっていますが、理由はわかりません。江間電気では、先代の社長に気に入られていたはずでした」

「お名前は？」

高橋健朗《たけお》、と千葉は教えてくれた。

「おいくつくらいなんでしょう？」

「六十くらいでしょうかね。わたしが近江電気で働き出したとき、三十歳くらいのバリバリのやり手でしたから」

「いま店のほうに電話しても大丈夫でしょうかね」

「忙しい時間帯だとは思いますが、万世橋署の名前を出せば、万引きの処理では世話になっているはずです。すぐ出てくれるでしょう」

礼を言って店を出てから、水戸部はメモした店の固定電話の番号にかけた。最初は女性の従業員が出た。

万世橋署を応援している警察官の水戸部と名乗ると、すぐに高橋が代わった。

「古い交通事故について、あらためて事情を聞いています。江間和則さんの轢き逃げ事故なんですが」

高橋は言った。

「ああ、常務の」

当時の役職で呼んだ。部下であれば、ふつうだろうか。

「あの事故の前後のことで、ちょっとお話を伺いたいのですが、いかがでしょう？」

「前後のことって、何です？」

声に少し警戒が混じった。

「当時、江間常務には」あえて見当はずれのことを口にした。「お客さんとトラブルなどなかったかと」

「ずいぶん前の話ですが、どうしていまごろ？」

「まだあの轢き逃げ事故、轢き逃げ犯が見つかっていないんです」

「ああ、そのようですね。警察はそれでもまだ捜査しているんですか」

「そういう専門のセクションがあるんです」詳しい説明はあとでもいい。「少しお話を伺えますか？　十五分ぐらいでいいのですが」

「いまは無理ですが、万世橋署？」

「万世橋署に、チームができています」これも誇張であるが、許される範囲のものだろう。

「明日、仕事の前にそちらに伺うのでは？　八時十五分に」

柿本も、八時十五分には登庁しているだろう。

「かまいません。わたしは水戸部と言いますが、柿本を訪ねていただけますか。交通捜査係の柿本を」

「いいですよ」

通話を切ると、すぐ柿本に電話した。彼は地下鉄を乗り換えるところだった。

「当時の江間電気に勤めていたひとを見つけました。一号店の副店長だったひとです。明日、話を聞かせてもらえることになりました。八時十五分に万世橋署に来ます」

柿本が言った。

「わたしも探してもらっていました。もしかして高橋健朗というひとかな」

「ご存じでしたか」

「うちの署で当たってみたんです」

なるほど。その気になれば、柿本は万世橋署のネットワークを使える。

「出社前にまず十五分だけということなんですが」

「行きます。というか、その時刻には出ていますよ」

6

翌日は、水戸部は万世橋署へ直接向かった。

会議室にはすでに柿本が来ていた。高橋がやってきたのは、水戸部が着いて三分後、八時十二分だった。スーツ姿の、いかにも小売業が長いという印象の初老の男だった。

あいさつを済ませると、高橋が訊いた。

「江間常務とお客のトラブルの件ですって？」

「そうなんですが」水戸部はまず質問した。「高橋さんは、江間電気商会にはいつごろからいつごろまでいらしたんでしたっけ？」

「昭和六十二年。一九八七年。バブル真っ盛りのころに中途採用されて、ええと、平成十四年、二〇〇二年までですね。ですから十五年勤めたことになるかな」

「江間電気での役職というのは？」

「最初はペーペーの平店員。白物担当でしたが、そのうちミニコンポとか、ゲームとかの売り場も。二号店ができて、二号店のほうでは、パソコンと周辺機器を売っていました。一号店では、副店長まで」

「パソコンにはお詳しかった？」

「最初はそうでもなかったんですが、何度も研修を受けて、多少は接客ができるようになりましたね」

「江間常務が亡くなられたときも、二号店？」

「ええ。亡くなられた後に、また一号店に戻り、家庭設備関連のフロア担当を」

「辞めたのは、引っ張られて？」

「かたちとしては自己都合退職ですけど、次の職場から声はかかっていました」

「十五年お勤めだったのですから、お店ではかなり勤続が長いほうだったでしょうね？」

「そうですね。上から三人目だったかな」

水戸部には、その数が少なく聞こえた。もっと多くてもいいのではないか。たしか江間電気は、そのころでも社員は二十人以上いたと、資料で読んでいる。

高橋が続けた。

「いちばん長いひとで、わたしが辞めるときには勤続三十年ぐらいでした」

「亡くなられた江間和則さん、亡くなったとき常務でしたが、江間常務と先代社長とのあいだには、何かトラブルのようなことがあると耳にしたことはありますか？」

高橋は不思議そうな顔になった。

「いいえ。常務だった和則さんのことですよね？　なかったと思いますよ。冗談みたいな話は耳にしましたが」

「どういったことです？」

「秋葉原でCDを買うなって。あれは、別にトラブルでもないし、深刻な話じゃなかったと思うな。振興会か何かの席で、笑い話として言ったことじゃないのかな」

「それが一番深刻なトラブルだった？」

「家庭内ではどうだったか知りませんが、江間常務が結婚していないことは、社長は気に病んでいたでしょうね。若いころの江間常務は、むしろ江間電気商会の子会社を作ってパソコン・ショップを持つことを夢にしていたみたいだったし」

「子会社を作る？」

「出資してもらって、自分はそこの社長になる計画です」

高橋は、水戸部ももうその店舗の位置を覚えたいくつかのパソコン・ショップの名を挙げた。オーダーメイドのパソコンを作っている店だ。

「そういう会社です」

「その場合、ご自身と江間電気商会との関係はどうなるんです？」

「お姉さんの美知子さんに、継いでもらうつもりだったんじゃないのかな」

いまの社長の、江間敏弘の名が出なかったのが不思議だった。

柿本と顔を見合わせると、柿本が訊いた。

「弟さんの敏弘さんにではなく？」

高橋は苦笑して、首を振った。

「それは、江間常務は考えなかったでしょう。社長にもその気はなかったんですから」

「え」と水戸部は小さく声を出していた。

柿本が確認した。

「先代社長は、敏弘さんには継がせるつもりはなかった？」

「ええ。いまの社長のことを、経営者としての器じゃないって見ていましたよ。常務も、たぶん弟さんのことは、社長は無理だと思っていたんじゃないかな」

「高橋さんがいたころ、敏弘さんの社内の位置は？」

「最初のころは、一号店の音響機器売り場だったかな。ミニコンポとかウォークマンなんかの売り場主任。二号店ができたころは、全体の宣伝係長。よく店頭イベントなんかをやってましたよ。キャンペーンガール呼んで。正直言って、あまり責任ある地位じゃなくて、忙しいときだけ接客するような、遊軍みたいなポジションでした」

高橋の口調から、その仕事ではあまり有能であったようには聞こえなかった。

柿本がさらに訊いた。

「敏弘さんは、先代社長とは具体的にトラブルなどはあったんですか？」

「ええ。敏弘さんは、ときおり商品をバッタ屋なんかに流すことがあったんです。従業員が気がついても、社長の息子さんのやることですから、強くは言えない。一度は棚卸のときに発覚して、社長が店員を首にしたこともあった。店の雰囲気は悪くなりましたね」

「そういうことが続いた？」

「間を空けて、何度かありましたよ。先輩店員に聞いた話だと、子供のころからよく商品を持ち出して換金して、ワル友達と遊んだりしていたようです」

「それって、後継者の器じゃないどころか、会社には入れちゃならない男のように思えますね」

「店員はみんなそう思っていた」

「でも、いまは社長ですね。人格が変わりましたか」

「どうでしょうね。子供のころのいたずらを、けっきょくやめてなかったひとだから」

「バッタ屋に商品を売るようなことを？」

「生活も派手みたいだし」

柿本が首を傾げた。

「それなのにけっきょく社長になったのは、どうしてなんでしょう？」

「同族のあいだで決まったんでしょう。先代は、和則さんを常務にしたときは、当然後継社長にするつもりだった。あのときはもう独立の話はなくなっていたのか、将来子会社として持つことになっていたのか、そのあたりはよくわかりませんけど、和則さんは先代社長とは会社の将来構想について、十分話した上での常務就任だったと思いますよ」

「でも、和則さんは急死した。構想は消えたのですね？」

「推測ですが、その時点で先代社長は江間電気商会を、自分の弟さんと甥御《おいご》さんに委《ゆだ》ねようと決めたのではないでしょうか。わかりませんよ。上のほうのことは、店員たちは知らされているわけじゃありませんでしたから」

「でも、先代が亡くなり、やがて和則さんの弟さん、敏弘さんが社長になった。高橋さんが江間電気商会を辞めたのは、そのあとですね？」

「ええ。社長が代わると、会社の中の雰囲気もずいぶん変わりましたから。あのひとが社長になってから、会社の寮ってことで蓼科《たてしな》に別荘を持ったけど、事実上は社長の別荘です。社用車にベンツも持った。知ったことじゃないですが」

「敏弘さんの下ではもう働きたくなくなりましたか？」

高橋はまた苦笑した。

「たまたま引っ張ってくれるところがありましたからね。そっちも、いまはよそに吸収されてしまいましたが。いまは異業種ですが、接客はできたし、ひとの管理の経験も積んでましたのでね」

柿本が確認した。

「敏弘さんのもとでは、働く気はなくなっていたんですね？」

高橋は、唇をへの字に曲げてから答えた。

「あまり気持ちのいい職場じゃなくなっていましたから。やっぱりまた、バッタ屋に商品を売るような綱渡りの資金繰りをやるようになっていったし、長くはないと思った」

「でも、持ちこたえている」

「そうですね。江間常務、つまり和則さんが、江間電気商会の屋号をエイマックスに変える道筋をつけていたのが、成功したんです。常務は独立はしなかったけれども、エイマックス・ブランドのオーダーメイド・パソコンを売るようにもなった」

「その矢先に、轢き逃げ事故が起こった」

「時間の順序で言うと、そういうことですね。常務になって、半年くらいでしたっけ？　いまはあの社長は、エイマックスを中国資本に売ろうとしているようです。江間電気には何の思い入れもないようで」

「そうなんですか？」

「江間常務の敷いた路線のおかげで、中国のオタクたちのあいだでは、エイマックスは秋葉原の注目企業と見られるようになっていったんです。買収の話が来ていると、もう十年ぐらい前から噂されています。いまの社長は、あのエリアの再開発話が持ち上がったころから、売りたくてたまらないようだったとか。どこまでほんとか知りませんが。会社の内情はたぶんかなり綱渡り的だと思うんですが、エイマックスは地権のほかに、アジアでは意外なブランド力を持っているらしいんです。虚名があるんです」

　そこまでの口ぶりから、高橋は江間敏弘にかなりの恨みというか、反感を持って辞めてきたのだと想像がついた。

　柿本が訊いた。

「別の質問になりますけど、江間和則さんがゲイであったということはご存じでした？」

　高橋は驚いた顔となった。

「それって、ホモ、であったということですか？」

　あの当時であれば、その呼び方のほうがふつうかもしれない。柿本が、そうです、と答えた。

「そうだったんですか？」と、高橋は驚いたままの表情で訊き返してきた。

「ええ」

「いや、知りませんでした」高橋は額に手を置いて言った。「ああ、そういうことだったのか」

「というと？」

「いえ、そういえばと思えることが細々ありましたけど、いちばんはあの年で結婚もしていなかったわけ。社員も気にしていた。ホモなんじゃないのかと言ってる社員もいたな、無責任なことですが、たしかに」

水戸部が訊いた。

「江間和則常務は、弟さんのことを、社長になれる人物じゃないと考えていたとおっしゃっていましたね」

「無理だと思っていたはずです」

「仲は悪かったのでしょうか」

「そこまではわからないけど。でも、江間常務は商品を持ち出したり、隠れてバッタ屋に持ち込むようなことが好きではなかったはずです。バッタ屋に持ち込むことだって、資金繰りとしてやむなくならともかく、社長の息子という立場で店の商品を勝手に処分して、その代金を小遣いにしていたんですから」

「小遣いにしていたというのは、たしかな話ですか？」

「当時の経理の社員から聞いていました。わたしが辞める前にも、五、六人のベテラン店員がたて続けに辞めていたんですが、みな敏弘さんのもとでは会社は長くないと思ったからでしょう。いや、いまでいうパワハラも耐えがたかったのかもしれない」

在籍歴の長い店員の少ない理由はそれだったのだ。

もう高橋は、江間敏弘への嫌悪感を隠してもいない。

高橋が腕時計を見た。

「そろそろ十五分です。店に出なきゃあならないんですが」

水戸部はあわてて言った。

「もうひとつだけ。江間常務は、常務になる少し前から、雰囲気が変わりましたか？　元気そうになった、という話もあって、それはどういう意味なのかと気になっているんですが」

「雰囲気？」と高橋は首を傾げた。「あの前後、会社では何回か、海外研修とか、ラスベガスのＩＴ関連のコンベンションなんかへの出張をするようになったんです。主に常務が音頭を取ってですけど、そういうときにはたしかに生き生きしているように見えましたね。そういう印象が強くなっていた」

「海外出張がきっかけで、ということですか？」

「いや、そういうことを張り切ってするようになったんで、生き生きとして見えたのかな。常務になったのも当然という感じはありましたね。つまり、優秀だけどちょっと頼りなかった総領息子が、ようやく三代目襲名を覚悟したんだなって」

高橋がまた腕時計を見た。

八時三十二分になっていた。きょうは切り上げどきだろう。

柿本が頭を下げた。

「ご協力ありがとうございました。また話を聞かせてもらいに行くかもしれませんが、都合のいいお時間はどのあたりになりますか？」

「一度オープンしてしまえば、ずっと余裕もないのですが、閉店後なら。十時過ぎになります」

「その場合はお電話します」

高橋健朗が万世橋署を出るのをエントランスまで送り、それから会議室に戻った。

柿本が言った。

「やはりどうやら、江間電気をていねいに洗う必要が出てきましたよね」

「そうですね」と水戸部は応えた。もしかすると自分と柿本とは、ようやく同じ方向に身体が向いてきたような気がする。

こういう関係になったのだから、言ってもいいだろう。

「被害者の身内でもないひとに、あの質問は、ひやりとしましたよ」

柿本は水戸部が何を指摘したかすぐにわかったようだった。

「あ、すみません。あれは、自分で口にしてから、まずいと思った」

ともあれ江間電気商会では、わりあい深刻な後継者問題があったことがわかった。

優秀で、パソコン販売の将来性を見抜いて二号店を出した長男がいる。ただし彼は、身を固める意志がなく、後継者になろうという気持ちもないようだった。江間電気商会から独立して、パソコン・ショップを起業することも考えていたという。しかし、轢き逃げ事故に遭う六カ月ほど前には、父親は彼を後継含みで常務の地位につけている。その二年ほど前には、その長男は若い恋人と、とくに修羅場もなく別れていた。この前後の時期、江間和則は周囲の者から、大人になった、元気になった、生き生きしていたといった言い方ができるほどに、雰囲気が変わっていた。恋人と別れたことがその変化の理由なのかどうかは、よくわからないが。

いずれにせよ、その時期、父親は江間和則のその変化を評価したのか、結婚問題を不問視するように後継指名したのだ。

片一方で、江間家の次男である敏弘は、商品を盗んだり、横流ししたりと、後継者としては完全に失格であったろう。二代目の江間清一郎が自分の会社で次男を働かせていたのは、父親としてのぎりぎりの温情であったように思える。絶対に次男を後継にするつもりはなかった。高橋が言っていたように、事案以前と、江間和則死亡後の役員の構成を見るなら、清一郎は自分の弟の一族のほうに、会社を託すつもりでいたのは事実と思える。

次男も父親のその心づもりをわかっていたろうが、彼は長男が後継とはならない可能性のほうにも期待をかけていたろうか。その場合、親族の持ち株の比率次第では、次男から見て叔父ファミリーに経営実権を渡さない手はあったかもしれない。

しかし次男の期待に反して、九七年の四月に、父親は長男を常務の座につけた。敏弘は自分が江間電気商会を引き継ぐ目は消えた、と考えたことだろう。

それから六カ月後、轢き逃げ事件が起こった。

水戸部がいまの高橋の言葉を反芻《はんすう》していると、柿本が言った。

「江間美知子常務から、もう一回聞きませんか？　こんどは、江間電気の内情、とくに経理とか資産とかについて、聞いてみたいところです」

「和則さんが亡くなった時期の、ということですか？」

「そこからいまにつながる話を」

同意できた。

「あ」と、柿本が困った顔になった。「江間電気の中で訊くわけにはいかないな」

警視庁本庁の場合、重要人物からの事情聴取には、都内の分庁舎の会議室などを使うこともあった。内偵の事実が絶対に周辺に漏れないようにだ。

先日、運転免許証の更新手続きに出向いた内神田の分庁舎のことを思い出した。交通課のほかに捜査二課の分室もあるが、捜査一課もこのようなときのための事情聴取用の部屋を持っている。秋葉原からは近い。

「内神田の分室を使いましょう」

「免許更新の窓口のあるビルですか？」

「ええ。あそこなら、事情聴取に入って行くとは思われない」

「特命もあのビルに部屋を持っているとは知りませんでした」

「比較的新しく設けられた部署ですから」

柿本が江間美知子に電話した。

「はい。また一時間ほどお時間をいただければと思いまして。……十一時ではいかがでしょう。内神田一丁目の……」


その会議室は、八畳ほどの広さで、中央に大きめのテーブルがあるごく簡素な部屋だった。設備としては、隅にテレビ受像機があるだけだ。

江間美知子は、グレーのパンツスーツ姿で部屋に入ってきた。ブランドもののショルダーバッグを肩にかけ、手にお茶のペットボトルを持っていた。

昨日、江間電気のビルで会ったときと違い、少し緊張しているかのような表情だ。警視庁分室に呼び出されたからだろうか。もしや自分に何か疑いでもかけられたか、とまでは思っていないだろうが。

会議室の窓を背にして椅子に腰掛けてもらい、彼女の左側、テーブルの角を挟んだ斜向かいに水戸部が、真正面に柿本が着いた。両側からはさみこむかたちは避けた。江間美知子は被害者の身内であり、この事案の協力者なのだ。

腰掛けるとすぐに、江間美知子が言った。

「何か進展があったんですね？」

柿本が少しだけあわてた。

「いえ、そういうわけではないのですが、少し見方を変えてみようかと」

「見方？」

「じつは、昨日お会いしてから、和則さんの私生活のほうで何かトラブルがあったのではないかとも考えたのです。あっさり言ってしまいますと」

江間美知子の顔にははっきりと緊張が現われた。

柿本が続けた。

「和則さんのパーソナルな事情が、何かあの事故につながってくるのではないかとも考えたのです。お姉さまは、和則さんのそのあたりの事情をご存じでした？」

「弟が同性愛者であったことですか？　ええ。でもそれがあの事故と関係があるかどうかはわからなかったので、申し上げなかったんですが。何かそのことが関係ありました？」

「いや、ないと言えばないのですが」

柿本は、やはり言いにくそうだ。

水戸部が代わった。

「和則さんが結婚していなかったことで、いっときはお父さまは江間電気商会の後継者問題で悩まれていたとも耳にしました。お父さまは、和則さんがゲイであることをご承知だったのですか？」

「女性にはあまり興味がないタイプだとは気づいていたようです」

「お姉さまは、いつからご存じでした？」

「和則が大学生のころに、打ち明けられました」

早くから知っていたのだ。意外ではないが。

「和則さんは、自分が結婚しないことで、江間電気商会の後継社長になることはいっとき考えていなかったとか。独立されることを構想されていたとの噂があったとも耳にしました」

「そうですね。パソコンのプライベート・ブランドを立ち上げることが夢だったと思います」

「でも、常務になったときは、江間電気商会の後継者になることを承諾していたのですね？」

「父とのあいだで、それが言葉になっていたかどうかはわかりません。でも和則はそのつもりでした。喜んで常務となりましたから」

「和則さんが家庭を持たないことを、お父さまはもうそれでいいと認められたということですね？」

「そうですね。父は、叔父一族とも仲がよく、和則の将来がわからないときは、叔父の一族の誰かに江間電気をまかせてもいいと考えていたのだと思います。いずれ和則が引退するときも、叔父一族から後継が選べるのであればそれでいいかと思っていたのではないかと想像します」

「お父さまは、敏弘さんを次期社長にする心づもりはなかったのですか？」

江間美知子は少しだけ顎を引いた。やはりその質問が出たかとでも感じたかのようだった。

「父は、そのつもりはなかったようです」

「なにか理由はありますか。ふつうだと、同族企業であれば長男が独立するなら次男に後継を、となるのではないかと思うのですが」

「もしかしたら」江間美知子は少し口ごもった。「お耳にされたかもしれませんが、敏弘は経営者としては少し問題があると見えていました」

「というと？」

「あまり仕事が好きじゃないというか。父から見て、社長の息子としてかなりまずいこともやったりしていたんです」

水戸部は、江間美知子の次の言葉を待った。

柿本も黙っている。

江間美知子は言った。

「敏弘は、江間電気商会を自分の家族の延長のように考えていました。商品も自分の家の私物だったし、従業員もうちの雇い人だと。父は、その敏弘に継がせることは無理だと考えていました。はっきりそういう言葉を聞いたわけではありませんが、後継者が話題になるときに、敏弘の名前が出たことはありません。むしろ、独立してくれたほうがいいとも思っていた節があります」

「敏弘さんも、継ぐつもりはなかったのでしょうか？」

「和則が三十二、三となったあたりで、社長になる可能性を意識しだしたような印象がありま す」

「そのあたりで、何かありましたか？」

「和則に、つきあっている女性とか、結婚の話とかがまったく出ないので、どうやら家庭を持つ意志がまるでないんじゃないかと、想像したのだと思います」

「敏弘さんにしてみれば、じゃあ自分がお父さまの後を継ぐということですね？」

「そうですね。そのつもりになっていたと思います」

「その時代というのは」と、質問しかけたところで、全部言わぬうちに江間美知子は答えた。

「バブル崩壊のすぐ後ぐらいですね。そのころから、もう社長気分ってところがありました。交際費なんて、そもそもなかった会社なのに、敏弘は社長の息子ってことで、使い放題使うようになっていましたし」

　先ほどの高橋の言葉が思い出された。彼もまた、江間敏弘の公私混同ぶりに言及していたし、口調には嫌悪さえ感じ取れた。いま江間美知子の言葉も、高橋の口調そのままだ。江間美知子は、下の弟の敏弘を嫌っている。

柿本が訊いた。

「不正経理とかも？」

水戸部がひやりとするような口調だった。そこに犯罪があったと決めつけたかのような。

江間美知子は気にした様子も見せずに言った。

「父がいましたから、そういうことは続きませんでしたが」

「あったことはあったんですね？」

「敏弘は、あのころは賭け事に凝《こ》っていて、最初は奥さんが解決していたんですが、会社のおカネに手をつけるようになってからは、しかたなく父が、解決していました」

「よくお父さまは許していましたね」

「うちに関して言えば、バブル景気は終わっても、そんなに売り上げは落ちなかったんです。業態を変えたのがうまくいったせいもあります。そのうちに、敏弘もギャンブルには興味をなくしたようで、社長になったころにはいったんそういうことも収まっていました」

水戸部は江間美知子を見つめた。

いま彼女は、いったん収まった、と限定的に言った。そこを質問してくれと言ったのか？

柿本が食いついた。

「いったんというのは、どういう意味です？」

「また始まったようなんです」

「ギャンブル狂いが？」

「理由はわかりませんが、去年、一昨年と、また始まったのだろうかと心配しています。わたしでもよくわからないおカネの動きがあります」

「かなりの金額ですか？」

「うち程度の売り上げの企業には」

「使途不明？」

「そんなようなものです」

「敏弘さんのギャンブルだと疑われているなら、ぜひ詳しく。警察が、力になれるかもしれません」

柿本が言ったのは、暴力団相手の非合法の賭博であれば、の意味だ。

江間美知子は首を振った。

「すいません。余計なことでした。江間電気商会の内々の話です。警察の方にお話しすることではありませんでした」

水戸部が確認した。

「敏弘さんは、和則さんが亡くなるまでは、後継社長は務まらないようなお身内だった。ギャンブルにはまって会社のおカネを不正に持ち出していた。なってみると、しばらく収まっていたけれども、この二年、また始まったようだということですね？」

「忘れてください」江間美知子が言った。「和則が死んだことには、無関係ですよね？」

水戸部は、その口調に引っかかった。軽く流したと聞こえなかったのだ。無関係ですよね？　関係があるのですか？　と逆に訊かれたのか？　関係があるかもしれないと感じるのは誤りですよね、と彼女は訊いてきた？

柿本も黙って江間美知子を見つめている。水戸部も戸惑った。

ここまで江間電気商会、正確には現在の株式会社エイマックスの社長の椅子をめぐる家庭内の事情を聞いてきて、漠然と感じてきたことがある。江間美知子の話は、きわめて遠回しに、婉曲《えんきょく》に、その関係をほのめかすものだったか？　江間美知子が示す可能性について、自分たちは誘導されていたか？

柿本が訊いた。

「敏弘さんが社長に就任した事情と、和則さんの事故死は関連がある、と江間さんはおっしゃっていますか？」

江間美知子は激しくかぶりを振った。

「まさか。敏弘も弟です。そんなことで、兄弟が争ったりしますか？　そんなことまでしますか？」

ほんの少しだけ、その否定ぶりが大げさに感じた。もっと言うならば、芝居がかっても聞こえた。いや、江間美知子はあえてそう聞こえるように否定したのか？

柿本が江間美知子を見つめて言った。

「もしお姉さまが、何か不審に感じていることがあるなら、率直にここで話してもらえませんか？　きょう警察の事情聴取でここに来たことは、誰かに話してしまいました？」

「いいえ。誰にも。社員たちも、知りません。私用で外出すると、部下に伝えてきたので」

「敏弘さんと、和則さんは、仲が悪かったのですか？」

「いえ。不仲ではなかったと思います」

「では、どういう兄弟仲でした？」

「和則は、学校の成績もよかったし、性格も穏やかで、父は間違いなく和則のほうを可愛く思い、自慢にしていたと思います。和則は、弟とはいつのまにか距離を取るようになっていた。敏弘は学校の成績はふつうでしたけど、乱暴で、小学校の高学年あたりから、悪い友達とつきあうようになった。店の商品を持ち出して売って、その友達と遊ぶのです。父は、歎《なげ》いていた。敏弘のほうは、たぶん兄の和則のことをとても煙たくは思っていたでしょう」

「それって、十分に仲が悪かったと聞こえます」

「相手がいなくなればと願うほど、憎んでいたわけではないと思います」

憎んでいた……までの言葉が出たか。文脈では否定的に聞こえるが、その言葉を強調したい、関心をそこに向けたいというのが真意だとも取れる。

柿本が訊いた。

「憎んでいたというのは、具体的には何か事件でもありました？」

「ええ。あったと思います」

「思い出してもらえます？」

「敏弘は、中学生のころには父に対して何度か、和則のことを告げ口したり、中傷したりしました。自分で商品を持ち出して、おカネを和則の勉強机の引き出しに隠して、兄さんが盗んでカネに換えたとか。おれは頭がいいから、店の手伝いなんて何もしなくていいんだ、おれが怠《なま》けても、父さんにはまじめにやっていたと言え、と兄さんに命令されたとか」

「お店の手伝いまでしていたのですか？」

「個人商店です。中学生になれば、休みの日には、ふたりとも店のバックヤードの雑用はしていました。届けものとか、店内の掃除とかも」

「お父さまには、嘘を言っていたのですね？」

「密告、ではないですね。まったくの嘘を言いつけることが何度かあったんです」

「ずうっと？」

「社員についても、そういうことがあったはずです。商品がなくなっていることに父が気づくと、誰それさんが持ち出したと敏弘が言う。わたしが覚えているその社員は、首になりました。たぶん学校でもそうだったでしょう」

「和則さんは、そのことに対して、どうだったのでしょう」

「父の前で嘘をつかれても、和則はおとなしく否定するだけです。敏弘と喧嘩をしたり言い合ったりはしません。もしかすると和則は、そのころには自分はうちを離れて生きていこうとでも思っていたのかもしれません」

「敏弘さんは乱暴だったとのことでしたが、何かそういう事件など起こしたことはありますか？」

江間美知子は一回瞬きしてから答えた。

「詳しく覚えてはいませんが、中学生のころに一度、よその学校の子供たちと喧嘩をしたことがあったようです。ワル仲間と一緒に、何か秋葉原での強請《ゆすり》みたいなことがきっかけで。わたしは事情をよく知りませんが、父が学校に呼ばれたり、いろいろあったようです」

「警察沙汰でしょうか？」

「いえ、どうでしょう、補導されたのかもしれないですね。大ごとにはならずに済んだと思いますが、学校を少し休んだかもしれません」江間美知子が逆に訊いた。「敏弘が、何か関係していますか？　あの交通事故に？」

水戸部が言った。

「江間さんは、和則さんの事故については、敏弘さんとの確執が関わっていると感じているように聞こえますが、いかがですか？」

江間美知子は水戸部の視線を避け、首を横に振ってから言った。

「あの時計が見つかって、万世橋署にご相談に行ったあとから、じつはそう思い始めています。ずっと事故だと思ってきましたし、いままで考えたこともなかったのに。いえ、そう思うこと自体、はしたないことだと思っていたのに」

「以前からも、疑念は感じていた？」

「敏弘が社長になったときに、そのときにふっと一瞬、敏弘には動機があるなと思ったのは確かです。でも、轢き逃げ犯人は捕まるだろうと、その時点でも思っていましたし、結びつけてまで考えてはいませんでした」

「いまはどうです?」

「いくらなんでも、兄弟です。自動車で、兄にそんなことをするなんて、敏弘にできたはずはないと思います。事故のときも、どこかでひとと一緒にいて、連絡を聞いて病院に駆けつけたはずです」

「敏弘さんには、ワル仲間がいたとのことでした」

「その誰かに頼んだと?」

水戸部はうなずかずに江間美知子を見つめた。

江間美知子は、柿本に目を向けて訊いた。

「敏弘が誰かにやらせた、とおっしゃるんですか?」

「わかりません」と柿本が答えた。「でも、敏弘さんと和則さんとの仲のこととか、敏弘さんの人柄をお聞きして、ちょっと心配になっています。それは絶対にありえなかったと、警察としてもきれいにけりをつけねばなりません」

「あるはずはないと思います」

「確信ですか」

一瞬だけ答えが遅れた。

「はい」

「警察も安心したい。常識で考えても、敏弘さんがお兄さんに対してそんなことをするはずがないんです。でも、敏弘さんの気持ちを忖度《そんたく》した誰かがいたのかもしれません」

「敏弘の気持ちを聞かずに、そんなことをするひとなんて、います？」

「兄弟よりも仲がいい友達であれば」

「そんな友達がいるか、本人に確かめてみます？」

「いいえ。その必要もないとわかるまでは、一応警察の捜査の手順通りにやってみることになります」

「どのようにです？」

「小さな可能性を、周辺からひとつずつつぶしていく、ということになりますかね」

「敏弘の気持ちを忖度して、こんなことをしなかったかと訊くのでしょうか？」

「いえ。もっと遠回しにはなりますが」

「わたしに何かできることはあるのですか？」

協力する気になっている。

水戸部が答えた。

「敏弘さんと仲のよかった友達がわかるといいのですが。小学校中学と一緒くらいの」

「悪い友達のことですね」

「いい友達も」

「直接それを敏弘に訊くわけにもいきませんから」江間美知子は何か思い出したという顔になっ

た。「うちで働いていた女性店員の弟さんが、中学で敏弘とクラスが一緒だったと聞いたことがあります」

「連絡は取れるんですね？」

「いまは秋葉原でビルのオーナーになっているはずです。わたしが聞いてみます」

「もうひとつ、会社の経理の問題ですが」

「それは、企業の内部事情です。古い話はとうに時効でしょうし、会計士さんと相談しています。犯罪ではありません」

「概容だけでけっこうです。おおまかに言ってどんなことなのか。会社の受けている被害はどの程度のものなのか、伺うことはできませんか？　もちろん、関係する公機関すべてに対して、秘密は守りますが」

「使途不明の支出があるという程度のことです。去年までの分については、監査も通っていますし、解決はついているんですが、今年の分については、会計士も敏弘に事情を聞いています」

柿本がまた訊いた。

「そうとうな金額ですか？」

「申し上げるわけにはいきません。ご了解ください」

「使途不明金が何年も出るというのは、社長として、会社に対する背任があったということになりませんか？」

「そうは言い切れません。わたしが口にしてしまいましたけど、二十七年も前のことと関係はありませんよね？」

柿本が弁解した。

「弟さんの人となりについて、子供時代とは変わったのかどうかが少し気になったので」

「根本のところは、変わってはいないでしょう」

水戸部は、柿本に合図して質問を交代した。

「敏弘さんのことを少し伺わせてください。大学を卒業したあと、家電メーカーの営業マンとなって、三年修業した後に江間電気に入社でしたか？」

「そのとおりです。一応はひとさまのところで働いた経験があります」

「そのときに知り合った方と職場結婚でしたね。経済誌のインタビュー記事を読んだのですが」

江間美知子は苦笑した。

「いつの記事でしょう。長いこと別居していましたけど、コロナの前に正式に離婚しています」

「コロナの前の記事だったと思います。別居はいつごろのことになりますか？　ご一族のプライバシーを詮索するつもりは全然なくて、捜査のためにいちおう頭に情報を入れておこうということなんですが」

「よくは知りません。たしか、敏弘が社長になった就任祝いに奥さんも出ていたのを見たのが最後です。いまはご実家のある亀有《かめあり》のほうに住んでいると思います」

「お子さんは？」

「男の子と女の子がひとりずつ」

「そのお子さんたちは、いまは？」

「女の子のほうは結婚しています。ご主人の事業を手伝っていると聞いています。男の子のほうは、最初叔父の不動産会社に入り、そのあと銀座の広告代理店に入社しました。いまもそこかどうかはちょっとわかりません」

「ということは、敏弘さんの跡を継ぐことにはならないのですか？」

「どうでしょう。江間電気、エイマックスが弟の目算どおりにうまく中国資本に売れた場合は、子供に継がせるような会社はなくなっていますし。資産管理の会社を守らせるかもしれませんね。よくわかりません」

江間美知子は、下の弟家族とは親しくないのだ。またエイマックスの将来構想にも、彼女はさして関心がない。

「敏弘さんのご自宅は、どこなのです？」

「市ケ谷《いちがや》です」

柿本が言った。

「いいとこですね」

「そうですね。いいマンションのようです」

「ずっとですか？」

「その前は、平井《ひらい》でしたね。最初の結婚当初は」

水戸部が質問を戻した。

「和則さんが亡くなったときも、平井ですか？」

「ええ、そうでした」

「みなさんが独立される前、ご自宅はどちらだったのです？」

「外神田でした。古い地名では末広町《すえひろちょう》のあたり。わたしも、いまは外神田に戻って暮らしていますが」

柿本がまた割り込むように質問した。

「奥さんと別居して、最終的には離婚した理由は何か、ご存じですか？」

「いいえ。よくあることだと想像しますけど」

「よくある？」と、柿本がとぼけた。

江間美知子は、嫌そうな顔で答えた。

「借金、散財、浮気とか、そういうことでしょう」

「たしかによくあることですね。それでも、離婚となると一大事です。そこまでひどかったのですか？」

水戸部はひやりとした。柿本は、しばしばこうした情報収集の際に論争的にも、挑発的にもなる。取調室での尋問のようになる。刑事部門の捜査員には少なくないタイプではあるが、捜査にはこの指向はむしろ有害だ。ただ、昨日から妙にこの仕事に熱が入ってきている印象はある。それはそれでありがたいのだが。

江間美知子は言った。

「離婚するかしないかは、ひとそれぞれでしょうけど、浮気をされたらふつうの女性は離婚を考えませんか？」

「弟さんは、再婚された？」

「同居している女性がいます。もしかしたら入籍しているのかもしれません」

「内縁の女性がいらっしゃると」

「たぶん、です」

江間美知子はいらだってきている。不愉快なことを立て続けに質問されるからだろう。いや、自分の答の中身が不快なのか。

水戸部はコホンと咳払《せきばら》いしてから江間美知子に訊いた。

「敏弘さんの別れた奥さまの電話番号なんてわかりますか？」

「ええ。入れています」

江間美知子は、スマートフォンを取り出して、敏弘の元夫人の電話番号を教えてくれた。

江間美知子はスマートフォンをバッグに仕舞うと、これでいいですねという顔で水戸部たちを交互に見つめてきた。

柿本が礼を言った。

「ご足労、ありがとうございました」

江間美知子は立ち上がって言った。

「あの、訊かれたのでうちのお恥ずかしい内情をいろいろ話してしまいましたけれども、わたしは和則を轢き殺したりそれを頼んだのが敏弘だとは、全然思っていません。会社の後継者問題を思い出して、動機はあるのだなと気づいただけです」

「承知しています」と柿本が言った。

江間美知子は、持参したお茶のペットボトルを左手に持って、会議室のドアを出た。水戸部たちも、エレベーターまで見送るために部屋を出た。


江間美知子が去ってから会議室に戻った。

柿本は、収穫があったとでも言うような顔で水戸部を見つめてきた。

水戸部はからかった。

「完全に痴情のもつれ殺人の線は捨てたのですね?」

柿本は喉を鳴らすように笑った。

「水原の話の裏をとったところで、その線はなしでしたよ。江間電気の内情を知ると、こっちの線のほうがずっと濃く思えてきています。違います?」

「敏弘って弟が、かなり危ないキャラクターと聞こえましたね。いまの江間さんの話では」

「子供時代から、親の店の商品をがめて換金。ワル仲間と遊んでいた。社会人になってからも、商品の横流し。それに借金。浮気。江間常務は使途不明金という言い方をしていましたが」

「いや、それは江間さんの憶測でしたよ」

「こういう会社で、社長が関係する使途不明金というと、ふつうは女かギャンブル、詐欺に引っかかったかですよね」

「賭け事好きという話は、江間さんからも出た」

「依存症ではなかったという程度のことでしょう。ぎりぎりのところで、踏みとどまっていた。どうします。いきなりぶつけてみますか？」

「いや、二十七年前の事件です。自供されたとしても、立件に必要なだけの証拠を挙げられるかどうか。敏弘さんの別れた奥さんから、事案当時のことを聞きましょう」

「江間さんは、敏弘の」と柿本はとうとう呼び捨てで言った。「子供時代のワル仲間がわかるかもしれないと言っていましたね」

「さらに二十年ぐらい前の話になりますが、何か手掛かりが出てきますか」

「東京のワルは、あまり地元から離れません。先輩後輩の関係がずっと維持できる利点があるからです。ワルでも、地元ではいい顔ができる。地回りから可愛がられる。地元を離れたら、孤独です」

「後輩にはきつい関係じゃないですか？」

「地元にいる限り、自分の下もできるんです。宮城では違いますか？」

「たしかに、ワル連中はあまり外に出て行こうとはしなかったかもしれない」

「外に出るのは、向上心のある男だけでしょう。水戸部さんのように」

「わたしはともかく、何かつかめそうですか？」

「江間さんは否定的でしたが、誰かが忖度してやったという件、その誰かが、いるとしたら近くです。もし頼んだのだとしても、近くだ」

「最近もありましたけど、声をかければ殺人でもやってくれる人間は案外多く見つかる。知り合いでもないのに」

「この事案は、携帯電話がそれほど普及していない時代のことです」

「江間さんからの電話を待ちましょう」水戸部はスマートフォンを取り出した。江間美知子が教えてくれた、敏弘の別れた妻に連絡するのだ。

江間は、その女性の名は伊藤《いとう》留美と教えてくれた。旧姓に戻っているのだろう。

7

伊藤留美は、髪に紫のメッシュを入れた、おしゃれな年寄りだった。ジャケットも、レギンスも、なるほどその年齢でなければ逆に着るのはためらわれるような、大胆な色の模様のものだった。

亀有にある大型ショッピングモールのフードコートだった。

伊藤留美のほうから、この場所を指定してきたのだ。男性刑事ふたりと会うのに、おしゃれな喫茶店ではまずいという。誤解されかねない。その点、ショッピングモールのフードコートならば、誰に目撃されても、自分が間違いを犯そうとしているところだとは思われないから、と伊藤留美は言ったのだった。

教えられた服装の六十代と見える女性が現われて、水戸部と柿本は自分たちのテーブルで立ち上がった。

伊藤留美はすぐに水戸部たちに気づき、まっすぐにテーブルに向かってきた。微笑している。二時間前に水戸部が電話して、とある刑事事件の捜査をしているのだが、別れたご亭主のことで少し話を聞かせてもらえないかと頼んだ。すると、伊藤留美はすぐに承諾したのだ。

彼女は言った。

「刑事さんたちって、ほんとうにすぐにわかるんですね」

水戸部と柿本は、それぞれ名刺を出して自己紹介した。

水戸部たちはすでにコーヒーを飲みかけていたが、伊藤留美のためにジンジャーエールを買ってきて彼女の前に置いた。

「江間のことをお聞きになりたいって、あのひとはこんどは何をやったんです？」

柿本が答えた。

「いえ、とくに何かをしたというわけではないんです。でも、前にも警察が事情聴取をするようなことってあったんですか？」

「少しはお聞きになっているんでしょうけど。ですよね？」

「少しだけです」

「会社では、ま、使い込みです。一族の会社だから、べつに首にもならなかったけど、それを身内や義理のお父さんから聞かされるっていうのは、妻としてはけっこう恥ずかしいものがありましたよ。一回じゃありませんでしたし」

「ほかにもまだ？」

「江間の、どういう事件の捜査なんです？」

「江間敏弘さんの事件というわけではないんです。べつの事件の周辺を確認する必要が出てきまして。捜査の詳細は申し上げるわけにはゆかないので、ご了解ください」

「話してもよくなったら、教えてくださいね。江間は、使い込みがもう完全にできなくなってからは、借金ね。秋葉原の有名電気商店の息子が、サラ金に借金するんですよ。そりゃあ向こうは無制限に貸しますよね。会社まで押しかけられることが何回かあったらしいです。とりあえず会社が清算してくれて終わったけど、何に使ったかはわからなかった。友達集めてスナックでおごったって、百万のカネにはならないでしょ。歌舞伎町《かぶきちょう》のぼったくりバーじゃないんだし」

「いつごろのことなんですか？」

「サラ金の借金は、江間電気でもぺーぺーのころかな。バブルがはじけたころからまた借金」

「ほかには何か？」

「マンションを買うための貯金を下ろしたし、生命保険も解約して、何かに使ってしまったことがありました」

「ギャンブルとか？」

「ギャンブルじゃないですね。ときどきわけのわからない事業を思いついたりするんです。香港に行ったときなんて、偽物ロレックスを何十個も買ってきて、江間電気とは別に偽物販売をやろうとしたこともあります。これって、時効ですよね」

「商標法について言えば、三十年以上前のことならそうですね。そのビジネスは、実際には？」

「よく知りませんが、あっと言う間に失敗したみたいです。江間の目算よりもずっと薄利でやってる日本人が、もうたくさんいましたから。しばらく売れない偽物ロレックスを抱えて、処理に困っていましたね」

伊藤留美はそこで言葉を切った。すべて言い終えたという表情ではない。次の件は言うか言うまいか迷ったと見えた。

柿本が言った。

「あとはどんなことが？」

「女、ですね。と言っても、わたしは相手を見ていないし、現場を知ってるわけじゃありません。会社からの役員賞与を前借りしていたことがわかって、問い詰めたら、女に手切れ金として渡したって」

「それはいつごろのことです？」

「あのひとが常務になったころに、その手切れ金を払ったっていう騒動があった」

「それって事実だと思いますか？」

「ひどいことだから、少し小さめの話にしたんじゃないかとは思います」

「借金した理由に、女の手切れ金とは、男はなかなか言いにくい。友達の保証人になったとか言うほうが聞こえがいいですね」

「そのカネで切れたのならいいか、とは思った。わたしはね」

「ちなみに、金額はどのくらいでした？」

「二百万。安いかと思ってしまった。それまでの借金のこともあったし」

「ほかには何かあります？」

「ベンツを友達から安く買ったって喜んでいたときがあった。正確には、何か複雑な事情があって名義変更ができないんで、借りるってことで乗っていいって。だけど、代金は払ったのね。百万。それが曰《いわ》くつきのもので、ある日、警察が来て、盗品だからと押収していってそれっきり」

柿本が伊藤留美に言った。

「その友達というのは、どういうひとかご存じですか？」

「小学校からの親友だと言っていました」

「名前は？」

「ううん、覚えていません。たぶん名前は聞いていないいんじゃないかな。それまでよく、ハタゴ、って言ってたひとのことだと思います。そのダチってひとは、中学も一緒みたいでした」

柿本が質問を続けた。

「ほかには、敏弘さんのお友達をご存じですか」

「さあ。地元のひとたちとよく飲んでいたようだった。湯島のほうでね。あと大学の友達っていうひとも、よくつきあいで飲んでいたと思う。大学のひとたちとは、新宿とか神楽坂《かぐらざか》で飲んでいたのかな。名前は知りません」

「大学は、たしか」柿本がその大学の名を出した。「……でしたね？」

「ええ。もっぱら柔道をやっていたようです」

「プライバシーに関わる質問になりますが、伊藤さんが別居されたのは、正確にはいつごろになりますか？」

「子供たちが社会人になってからです」

「直接のきっかけは何かありました？」

「だって、ずっと浮気していて、また借金をしたと思ったら、手切れ金を支払っていたような亭主ですよ。その後だって、何もないはずはないんです。気配は感じていました。じっさいわたしと正式に離婚したあとは、女性と暮らしている」

「慰謝料は出してもらえました？」

「ええ。お前が出ていったんだって言われて、値切られたけど、わたしも頑張って」

「その浮気相手と、いまの内縁の奥さんとは、別のひとなんですね？」

伊藤留美は、あ、という顔となった。

「わたしはそのときの誰か、名前も知りませんが、そうかもしれないんですね。切れていなかったの？　だとしたら、手切れ金はどこに行ったんだろう」

伊藤留美のバッグで、何かポップスのメロディが鳴った。伊藤留美はバッグからスマートフォンを取り出した。

「失礼します」と言って、彼女はスマートフォンを耳に当てて通話を始めた。

水戸部たちが三十秒ほど黙っていると、伊藤留美はスマートフォンをバッグに戻しながら言った。

「ごめんなさい。約束が一件、早まることになった。またいつでもお話はしますが、きょうはこれでいいですか?」

彼女は協力的だった。それでもかまわない。柿本もうなずいた。

巨大なショッピングモールの三階にある駐車場に戻り、水戸部たちは乗ってきた捜査車両に向かった。

柿本が運転席に、水戸部は助手席に乗って、しばらくふたりとも黙ったままでいた。得た情報の整理が必要だった。

敏弘については、とにかくカネにでたらめな男という印象がいっそう強まった。カネ遣いが荒く、他人に借金の後始末をしてもらうことに葛藤がない。しかもヤマっ気も強い。儲け話や、得になりそうな話には簡単に食らいついてしまう男だ。偽物ロレックスの密売に手を出したり、名義変更はできないベンツにカネを出してしまう。格闘技系のスポーツをする男には多いが、友人たちに気前よく振る舞うこともあるのだろう。

カネ遣いが荒いのは、江間電気で平社員であったころからそうだったとのことだ。会社が、ということは父親が、債務の肩代わりをしたようなこともあった。常務になったころに、女の手切れ金騒ぎがあった。

そしてきょうの江間美知子の話では、ここ数年も、会社の経理で怪しげな支出があって、会計士が精査をしている。

女関係がどれほど多かったのかは、はっきりしなかった。伊藤留美の話では、手切れ金を渡した女がひとりと、現在の内縁の女がいるが、柿本が指摘したように、それは同じ女のことかもしれなかった。水戸部はその可能性には全然気づかなかった。

また、その指摘を受けて伊藤留美が漏らした言葉も、こうなると気になってくる。手切れ金と敏弘が説明した二百万は、女に渡ったのではなくて、別の誰かの手に渡ったのかもしれない。

柿本が指摘したことも、たしかだ。男が女房に大金の使い道を問い詰められたとき、女と別れてその手切れ金として使ったと告白するだろうか。それまで話題にはなってもいなかったような女を持ち出して、別れるために必要だったと弁解するか？　もしそれが本当だとしても、柿本がさっき言ったように、誰か友達の借金の連帯保証人となったために自分が返済する羽目となった、と説明するほうが無難であり、女房には許してもらいやすいのではないか。

水戸部は柿本に言いかけた。

「あの」

柿本も同時に言ったところだった。

「さっきの」

「どうぞ」と水戸部は柿本に譲った。

柿本が言った。

「よく江間電気はこの敏弘って次男で持っていますね。あそこは、ほんとうは火の車なんじゃないんだろうか？」

　水戸部は同意した。

「再開発と買収されることに、ずいぶん期待をかけているみたいですしね」

「あの手切れ金の話、どう思います」

「なんとも妙な話です。印象では、ずいぶんあっさりと奥さんに告白したように聞こえたけど、何か別の事情を隠すために、あえてとんでもないことを言い出したようにも感じましたね」

「わたしは、恐喝だ、と感じましたよ」

「女から？」

「手切れ金というのが事実なら、円満な別れ方じゃなくて、女が恐喝したか、怖い兄さんが出てきたかじゃないかな。でもわたしは、女はほんとうはいなかったと読みますね」

「では、どういう恐喝なんです？」

「常務になったころ、との話でしたよね。つまり被害者が亡くなって、敏弘が後継者確定となったころです。江間電気でかなり自由にカネが使えるようになったころ。じっさい、その手切れ金を、敏弘は役員賞与の前借りで払っている」

「賞与をずいぶんもらっていたんですね」

「賞与二回分の前借りですかね。社長の椅子が見えてきたのだし、何か恐喝があったとしても、支払うことは可能だ」

「事案発生から、しばらくありますね。一年ほど」

柿本が何を想像しているか、わかってきた。というよりも、自分もたったいま、それに思い至った。敏弘が恐喝を受けた理由。敏弘が大金を出さねばならなくなった弱み。

つまり。

水戸部のスマートフォンが震えた。

ポケットから取り出してみると、江間美知子からショートメールが入っていた。

開くと、名前が送られてきていた。

「水戸部刑事さま、先ほどの敏弘の友だちの名前の件です。名前しかわかりません。畑後勇太（はたご　ゆうた）」

水戸部はスマートフォンの画面を柿本に見せた。

「ハタゴがいましたよ」

この男については、轢き逃げ事案としての捜査報告書の中にも、出てきていなかった。漢字でも、音でも、水戸部は記憶していない。関係者として、いっさい浮上していなかったのだ。もっとも、江間電気の後継社長問題は、まだこのころは事案の背景としても現れてきていない。弟の敏弘の子供時代のワル仲間を事情聴取しなかったのも無理はないと言えた。

柿本が、表示されたショートメールを読んでから言った。

「小学校に問い合わせてみても仕方がないですね。特命を通じて、調べてもらうことはできるのかな」

逮捕歴や前科についての情報だ。もちろん小学校のころワルであっても、やんちゃは社会人になれば終わる男のほうが多い。しかしもし社会人になっても刑事犯罪を犯しているようなら、江間敏弘をはさんで事案と関係がつながるかもしれない。

「もちろんです」と水戸部は答えた。「珍しい苗字だし、ヒットした男と同定することは難しくないでしょう」

ここまで来ると、共同捜査の万世橋署を通すよりも、捜査一課の特命捜査対策室を使ったほうが便利そうだった。なによりこういう事案には、部屋の職員は「乗って」やってくれる。

水戸部は直接対策室に電話をかけて、室長の吉田を呼び出した。

「どうだ?」と吉田が訊いた。

水戸部は昨日きょうの捜査の状況をざっと話した。

吉田は言った。

「物証じゃなく動機からの捜査となると、ここからがきついな」

「きりがいいところで、詳しく報告します」

「週末は、休めよ」

緊急の解決が求められている事案ではなかった。吉田の指示は妥当だ。はい、と答えて通話をいったん切り、部屋の職員に畑後勇太のデータベース検索を頼んだ。

それから柿本に言った。

「万世橋署に戻りましょう」

遅い昼食をすませて万世橋署の会議室に戻るとすぐ、柿本が入ってきた。プリントアウトしたものを一枚持っている。

「畑後、わかりました」

そのプリントアウトには、三十代半ばかと見える男の顔写真が写っている。逮捕時に撮られたもののようだ。

その逮捕は、自動車窃盗犯としてだ。新宿区内を中心にしての連続高級車盗難の事案で、平成十二年に四谷《よつや》署が逮捕。逮捕は江間和則轢き逃げのほぼ三年後ということになる。盗難車が見つかった二件についてだけで立件されている。送検されて、懲役三年半の実刑判決だった。当時、畑後は結婚していた。

その前に、もう一件で逮捕されていた。傷害犯としてだ。送検されたが、このときは執行猶予判決が出ている。もちろん成人前の補導歴や逮捕歴は出ていない。

ざっと読んで顔を上げると、柿本が訊いた。

「どう思います？」

水戸部は答えた。

「自動車窃盗という部分は気になりますね。たぶん追及しきれなかった余罪もあるでしょうし、悪い意味で車の扱いには慣れている男だ」

「粗暴でもある」

水戸部は訂正した。

「と、推測しうる。当たりたい男ですね」

「逮捕場所が、荒川《あらかわ》区の日暮里《にっぽり》。アパートですね」

水戸部は立ち上がった。

「どうするんです？」と柿本。

「行ってみましょう。江間電気の敏弘社長のワル仲間で、自動車を扱える犯罪者がいたんです。轢き逃げはこの男の収監前のことですし」

「そこが生家ならともかく、逮捕前の住所にはもういないと思いますが」

「ここから当たる以外にはありませんから。ほかに何も情報がないのであれば」

「出るまで、ちょっと待ってください。うちの盗犯係に、この畑後を知らないか訊いてみます」

柿本は十分待っても戻ってこなかった。

水戸部は、自分のメモ帳に覚書を記した。


暴力団員か？

江間敏弘とのつきあい。事件前後は？　現在は？

スマートフォンに電話番号は登録されているか。最近の通話、メールのやりとりは？

カネ回り。事件のころ。事件前。事件後。

資産。不動産。自動車など。

柿本が会議室に戻ってきたのは、ほぼ二十分後だった。

「もう退職している捜査員と連絡が取れました。盗犯係が長かったＯＢです。この畑後、若いころに何度かせこい盗犯事案のからみで、調べたことがあったそうです」

「せこい、というのは？」

「秋葉の店からの万引き商品を買っていたとか」

「自動車は？」

「うちの管内ではやっていなかったということなのでしょうね。四谷署には自動車窃盗で挙げられているんですから。その刑事も、とうとう一件も立件できなかったそうですが、常習犯だとのことでした」

「存命ですか？」

「そのはずだ、とのことでしたが、日暮里には長かったようです。まだいるかもしれません。同じアパートではないにしても。その退職刑事は、コロナの前までは日暮里にいると聞いたと言っていました」

日暮里となると、荒川署の管轄だ。若いときに窃盗常習だった男であれば、その後、服役を終えてから後も、何かしら刑事事件に関わっていた可能性は少なくない。立件されるかどうかは別としてだ。被疑者が出てこない窃盗事案が起こった場合、その手口次第では、捜査員が訪ねていって事情を訊く。

五年ほど前まで日暮里にいたとなれば、いまも盗犯係には、畑後を知っている捜査員がいるのではないか。

水戸部は立ち上がり、会議室のドアへと向かった。

「どうするんです？」と柿本が訊いた。

「特命捜査対策室の名前を出します」と水戸部は答えた。

万世橋署交通課の警察電話を使い、荒川署の盗犯係につないでもらった。

相手が出たところで、水戸部はやや早口気味に言った。

「本庁捜査一課、特命捜査対策室の水戸部と言います。ちょっと緊急にご教示いただきたいことがあって、お電話しました」

係長と名乗った男が訊いた。

「特命捜査対策室？」

「そうです。いま万世橋署から電話しています。とある事案の被害者の周囲に、畑後という窃盗常習犯の名前が出てきました」

「特命捜査対策室の事案ってことは、殺し？」

「その疑いが出てきた事案です。少々古いのですが。畑後、というのは畑の後ろと書きます。別の事案で服役した後は、ずっと日暮里に住んでいたようです。コロナの直前まで。もし荒川署の盗犯係のどなたかが、この畑後、畑後勇太という男の現住所をご存じないかと思いまして」

「被疑者なの？」

「いえ。被害者の周囲にいた、ということがいまわかっているだけです」被害者の弟のワルだちだ、という関係は、十分に「周囲」に含まれるだろう。「関連はまだわかりません」

「緊急とのことでしたね」

「早めにとりあえず確認しておきたいことがありまして」

「少しお時間をいただけますか。十五分。いや、二十分」

「かまいません。万世橋署の交通課にいます」

「交通課？」

「特命と共同捜査になっているんです」

「二十分、ください」

一時間三十分の後、水戸部と柿本はその小さな木造アパートの前にいた。築四十年は経っていそうだ。

建物には裏手に外廊下があった。教えられた部屋番号は一〇二。手前からふたつ目のドアだ。表札は出ていない。インターフォンもない出入り口だった。

ここに来るまでの捜査車両の中で、水戸部は柿本と、話を運ぶシナリオを作っておいた。うまく行けば、二十七年前の事件のことで、畑後は辻褄が合わないことを言い出すはずだ。

柿本が、ドアを大きく三回ノックしてから言った。

「こんにちは。畑後さん」

少し待ってから、もう一回。

「畑後さん、こんにちは」

中から、ひとの声が聞こえた。おう、とか、ああ、といった、言葉にはなっていない声。老人のものだ。

三十秒ほどで、ドアが開いた。肌着にパジャマのズボンのような格好の老人が立っている。白髪が伸びて無精髭をはやしていた。水戸部たちを見て、きょとんとした顔となった。

柿本が、警察手帳を見せて言った。

「畑後さん？」

「そうだけど」

「万世橋警察署交通課の柿本と言います。ちょっとお話を伺えますか？」

「交通課？」

「ええ」

「車は持ってないぞ」

「以前、乗用車を二台、盗んで売ったことがありましたね？」

「おい」畑後の顔が険悪になった。「古い話だ。満期で出所してる。いまさらなんだよ」

「四谷署の、なんという刑事が担当だったか覚えていますか？」

「担当？」

「もし名前を覚えていれば」

「忘れたよ。ずいぶん前だぞ」

「二十年以上ですよね。正確には、何年でしたっけ？」

「平成十二年だ。そう言われれば思い出す」

「ありがとうございます。弁解録取書を取ったその担当刑事の名前、思い出せませんか？」

「別にダチになったわけじゃないしな」

ここだな、と水戸部が入った。

「ダチと言えば、江間さんの交通事故のとき、一一九番通報したのは畑後さんでしたっけ？」

畑後は瞬きした。

「江間って？」

「江間電気商会の」

「いや、おれはしていない」

「あ、違いましたか。じゃあ、どなたがしたんでしょう？」

「知らない。とにかくおれじゃない」

「ということは、事故は目撃したんですね？」

「ちょっと待て」畑後はかなり混乱しているという顔だ。「江間って、どっちのことだ？」

「というと？」

「江間には兄貴がいた。おれの知っているのは、弟のほうだ。敏弘。ダチだよ」

「畑後さんがいま思い出した交通事故は、どちらの江間さんのことです？」

畑後はまた瞬きしている。カマをかけられて引っかかったと理解したろうか。畑後はいま、江間和則の交通事故現場にいたと認めたも同然なのだ。

水戸部が見つめていると、畑後はようやく言った。

「あんたが言っているのは、江間の兄貴のほうのことだろう？　おれはそこにいなかった。一一九番なんてできない」

「そうですか」水戸部は、畑後に同情しているかのように言った。「敏弘さんのときの事故では、どうなんでしたっけ？」

「あいつの事故のことなんて、知らない」

「通報していないのは、お兄さんの事故のことを言ったんですね？」

「そうだ」

「江間さんのお兄さんの事故、そこって、どこでしたっけ？」

「知らない」

「そこにはいなかったんですよね。どこのことです？」

「秋葉のどこかじゃなかったか。何かニュースで見たような気がする」

柿本が畑後に訊いた。

「そのときも、聞き込みにはそう答えたんでしたか？」

まだ畑後の顔には混乱が残ったままだ。あの交通事故の真相がどの程度警察にばれているのか、それがわからなくなっている。まったく闇のままに処理された件であったか、それとも自分の身に及んだ捜査を逃げきったのだったか、そのあたりが判然としなくなっている。二十七年前のことだ。そのあとは捜査員とこの件を話題にしたこともないはず。繰り返し思い起こして記憶が強化されることもなかっただろう。

柿本がもう一度訊いた。

「聞き込みのとき、刑事にも言ってます？」

「ああ。そうだ。おれじゃないって言ってる」

水戸部は訊いた。

「捜査員が、あの事故のあと、畑後さんに事情聴取していたんですか？」

「ああ」

「刑事が畑後さんを訪ねたのは、何か理由があったんでしょうか？」

「それは」畑後は少し言葉に詰まってから言った。「おれが、弟と親しかったからじゃないのか？　よくは知らない」

柿本が言った。

「畑後さん、この刑事にその前後の事情をきちんと話してやりなよ。自分は一一九番通報はしていないって」

「いま話したことで十分だろ」

「警察って、話してくれたことは、きちんと記録するんですよ。役所だからさ。記録してもらったほうが勝ちですよ」

「そうなのか?」

「うん。着替えて、いまから万世橋署に言って話してやったらどうです」

廊下を、主婦らしい女性が通っていった。畑後は言った。

「早く帰してくれよ」

「送りますよ」

「服着てくる」

畑後はドアを閉じた。

柿本が水戸部に顔を向けて、口の端を持ち上げた。

ひっかかったな、と言っている。同意できた。


万世橋署の、水戸部らのチームが使っている会議室に畑後を入れた。

畑後は不思議そうな顔をして、部屋の中を見渡した。

「ここで、どうするんだ?」

柿本が訊いた。

「どうして?」

「取調室じゃないだろ。これ衝立《ついたて》だよな」

会議室の壁は、パーティションだ。石膏《せっこう》ボード入り。コンクリートではない。大部屋を向いた窓もあるし、天井部分には隙間もある。

柿本が畑後の質問の意味に気づいて言った。

「取調べのつもりなんてないですよ。あの事件のときのことを、ちょっと思い出してもらいたいだけです。すでに一件落着であることは承知です。ただ、まったくほかの事案の確認のために、協力してほしいってだけです。何せ古いことなんで、わたしらは皆目見当がつかない。当事者だった畑後さんの協力が欲しいんです」

水戸部がすぐに低姿勢で続けた。

「お願いできますね？」

「いいけどよ」

「お茶がいいですか。コーヒーですか？」

「お茶をくれ」

水戸部が内線で、交通課の職員にお茶を頼んだ。柿本と水戸部には水だ。

水戸部は、畑後を会議室の出入口のドアの脇の椅子に腰かけさせた。軟禁という印象はなくなる。不愉快なことがあれば、いつでも椅子から立って、外に出ることができる。

若い巡査がペットボトルを三本持ってきた。柿本がお茶のボトルを畑後の前に置いた。畑後はすぐにキャップを回し、ひと口飲んだ。万世橋署に来るまでのあいだに、喉が渇いていたようだ。多少の緊張もあっただろう。

捜査車両で移動中、柿本と水戸部は、インバウンド需要で秋葉原にはこのところまた外国人の姿が増えたことを話題にした。水戸部が予想していたとおり、畑後は外国人に対して差別意識が強く、攻撃的であったり侮蔑《ぶべつ》的な言葉を何度も吐いた。車の中の三人にとって、共通の敵は外国人犯罪者だ、という空気が、ぼんやりと作られていた。自分たちは競技場の同じ側の応援席にいるのだと。

柿本が、身体をほんの少しだけ畑後に斜になるように向けて言った。

「取調べの刑事たちの名前、思い出した？」

畑後は答えた。

「いやあ。たとえ名乗られていたとしても、覚える気にもならない。覚えたとしても、古すぎるしさあ」

「だけども、言ったことは覚えているんですよね？」

「ああ。そりゃあ、自分が何を言ったかは覚えているさ。ほんとのことを言ったんだ」

「つまり、警察にも一一九番にも通報していないって言ったんですね」

畑後は瞬きした。自分が何の件を話しているのか、混乱したのだ。混乱するように柿本は話した。

「何の話なんだ？　ランクルを盗んだ件か？」

「江間さんの件です」

「通報していない」

「どっちの江間さんのときです？」

「江間の兄貴のときだろ？　さっきそう言わなかったか？」

畑後は不安そうな顔になってきた。何を質問されているのかさえわからなくなってきているようだ。

「わたしも、畑後さんがどのときのことを言っているのか、ちょっと混乱したので」

「兄貴のときだ」

「交通事故のとき?」

「そうだ」

「江間和則さんの事故のとき?」

「そう」

「刑事には通報していないときちんと答えて、警察は裏を取ったはずだ。それで解決したんですね?」

「ああ。通報はしていない。それを刑事さんにも言った」捜査報告書では畑後への事情聴取はなかった。完全な虚偽証言である。つまり、畑後はこの部分で弱みがある。「警察は、そういうこと、裏を取るだろ。通報したら、どこの電話を使ったとか、わかるよな」

「そうですね」

「だから、それで終わったはずだ」

「刑事には、現場にいたけど、通報は自分じゃないと言ったんですよね? 念のための確認ですが」

「現場にいた? そう言ったか?」

「通報はしていないと言ったのは、そういう意味じゃないんですか？　目撃はしたけれども、通報はしていないって。あのときそれで解決していれば、それでいいんですが」

「解決したろう。あれからその後、蒸し返されたことなんてないぞ」

水戸部が代わって確認した。

「繰り返しになりますが、つまり畑後さんは、事故を目撃したけれども、通報はしていない、と警察に対しては答えた。たぶん警察は裏を取ったろうから、それで解決しているということですね」

「くどいぞ。解決している。だからあの後も娑婆《しゃば》にいたんだ。いまさら何なんだよ」

「さっきの話だと、刑事が事情を訊きに来たのは、江間敏弘さんと親しかったからなんですよね」

「そうだと思うよ。なんかほかに理由あるのかい？」

「江間敏弘さんと親しいと、お兄さんの交通事故の件で畑後さんが事情を訊かれる理由は、何なんです？　すみません。当時の事情が全然わからないもので」

「トシが兄貴とは仲が悪かったからだろう。たぶん」

「トシ、と言うのは？」

「だから、ダチの江間敏弘だよ」

「敏弘さんとそのお兄さん、和則さんは仲が悪いから、敏弘さんと親しい畑後さんのところに、刑事が聞き込みに来たんですか？」

「そういうことだと思うぞ」

柿本が言った。

「わかんないな。江間の兄さんのほうが交通事故に遭うと、どうして弟と親しい畑後さんのところに刑事が行くんです？」

畑後の不安は、いよいよ募ってきているようだ。自分が何か答え方を間違えたのではないかと感じ始めている。

「知らねえよ。いちいち警察にそれを聞いたりしていないよ」

「その当時警察が畑後さんに聞いて、それで終わったものになったやりとりを、なんとか思い出してください。こっちも、いったん解決していることなら、繰り返したくないんで」

「ランクル盗んだ件は、もういいのか？」

「懲役三年半でもう完全に終わってるじゃないですか。担当刑事の名前は思い出してもらえると、いろいろ助かりますが、それは全然別件。畑後さんは無関係の話です」

「そのときの調書とか残っていないの？」

「どっちのとき？」

「江間の兄貴のときのだよ」

「古い事案なので、見つからないんです。思い出してもらえたら、ランクル窃盗と同じように、解決することになりますが」

畑後は落ち着きなく椅子の上で腰を動かした。

水戸部が代わった。

「ここまで協力してもらっているんです。簡単にすませましょう。聞き込みで、最初に聞かれたのは、目撃していた場所だと思うんですが」

畑後は瞬きした。思い出せない、という表情だ。そんなことがあったろうかと、必死に記憶の底を探っている。ここまでのやりとりで、畑後は自動車窃盗で逮捕されたときの事情と記憶が混じり合いつつある。水戸部たちがかけているカマを否定しきれない。

水戸部は立ち上がると、その会議室の壁に貼ってあるゼンリンの住宅地図の前に立った。万世橋署の管轄地域と一部その周辺が載っているものだ。管轄地域の境界線は、黄色いマーカーで示されている。

柿本が畑後を立つように促《うなが》し、自分も地図の前に立った。

畑後は、半分怪訝《けげん》そうな顔のまま、水戸部たちのあいだ、地図の正面に立った。

水戸部は畑後にボールペンを差し出して訊いた。

「聞き込みのときに、警察に教えた目撃場所を、これで示してください」

畑後は言った。

「いや、目撃って言っても」

「警察には、自分がいた場所、という言い方をしたんでしょうかね？　いたのは？」

「だから、そのときは」

「江間和則さんが事故に遭ったときのことです。自分は絶対に通報していなかったんだから、問題ありませんよ」

まるで通報することが犯罪であるかのように、水戸部は言った。

畑後はボールペンを地図の上に近づけた。芯の先には、轢き逃げ現場である三叉路がある。その三叉路の左手、白いワゴン車が目撃されている場所に、畑後はボールペンの先をつけた。黒い点が地図の上についた。

次の瞬間、畑後はボールペンを放り出した。水戸部はそのペンを拾った。

「いねえよ。そこになんかいねえよ」

柿本が畑後を正面から見つめて言った。

「もう供述してしまったんです。全部話してくださいよ」

「汚ねえぞ。おれは何も知らない」

「何について何も知らないのか、教えて。最初から順序だてて。あんたはもう、江間の兄さんが交通事故に遭ったとき、その場にいたと認めてしまったんだ」

「知らねえ。認めてねえ」

「いま、自分からここにいたとペンで印をつけた」柿本がそのペンでつけられた点を右手の人指し指で示した。「わたしたちは、そのときあんたがどこにいたか、まったく知らなかったのに、あんたは自分でここにいたと供述した」

「録音でもしてないのか？　おれは何にも言ってないぞ」

「どうしてここにいたのか、わけを教えてくれませんか。目撃したけど通報しなかったこととは何なのかも。江間敏弘と親しかったから、警察が聞き込みにきたのかもしれないと言った詳しい事情も」

「何も知らないって」

水戸部は畑後に椅子に戻るように言った。畑後は極度の当惑のせいか、目を剝《む》いている。かなり高ぶっていた。

「知らねえ。帰せ。帰るぞ」

罠に引っ掛けてしゃべらせるつもりだったが、もう気づかれた。ここは手をあらためるしかなさそうだ。

「落ち着いてください。お茶を飲んだらどうです」

柿本が、会議室の電話から受話器を取り上げ、相手に言った。

「署に任意で来てもらった男が、江間和則事故死のとき、現場にいたことを認めました。このまま事情聴取に入ろうと思います」

畑後が、半分悲鳴のような声を上げた。

「おい！」

水戸部は畑後の顔を見た。畑後は水戸部に強い調子で言った。

「弁護士を呼んでもらうぞ」

水戸部は返した。

「別に逮捕したわけじゃありません」

「だったら帰るぞ」

「全然かまいません」

水戸部は畑後にもう一度ボールペンを渡した。

「署名だけ、もらえます？」

「署名？　何に？」

水戸部はまた壁の地図を示した。

「さっき印をつけてもらった場所に、畑後さんの名前を書いてください」

「どうするんだ？」

「その印は、たしかに畑後さんがつけたと覚えておきたいんです」

「知らねえって」

水戸部は柿本に訊いた。

「ここにサインだけもらえたら、畑後さんには帰ってもらっていいですね？」

「ああ。それでお帰りいただこう」

畑後はさすがにこれには引っかかってこなかった。

「帰る」

水戸部は言った。

「記念撮影していいですか？」

「何？」

「せっかく来てもらったんです。この地図の前に立ってください。こっちの刑事と並んで」

畑後が面食らっているうちに、水戸部はスマートフォンを取り出して畑後に言った。

「写真いいですよね。こっちを向いてください」

畑後は水戸部のスマートフォンに目を向けた。水戸部はそこでシャッターボタンを押した。画面を確認すると、地図をあいだにするように、畑後と柿本が写っている。畑後の視線はレンズを見つめていた。もちろん表情は固い。

水戸部が柿本にうなずくと、柿本は畑後に言った。

「出入口までお送りしますよ」

「ほんとに帰っていいのか？」

「ほんとうです」

三人一緒に会議室を出てエレベーターに向かった。

エレベーターの籠の中で、水戸部は畑後に言った。

「現場にいたことを教えてもらって助かりました。それ以上何かを思い出したら、われわれどっちかに連絡をください。ご承知かと思いますが、警察は最初に出てきた証言をもとに、事案を組み立てて捜査しがちです。自分が有利になろうとするなら、最初に事実を語るのがいい」

「ふん」

畑後は、鼻で笑った。

一時間後に、同じ会議室に関係者五人が集まった。

警視庁特命捜査対策室の吉田室長、万世橋署署長の寺田《てらだ》、万世橋署交通課の広上課長、それに水戸部と柿本だ。

柿本がまず捜査の経緯を説明し、畑後勇太という男が轢き逃げ犯の被疑者と見なしうるとまとめた。いま畑後は、記憶が混乱し、自分が江間和則轢き逃げ事案で警察の聞き込みを受けたものと思い込んでいる。つまり、一回逃げ切っていると。自分たちはその記憶の混乱を利用して、轢き逃げ発生時、現場で待ち伏せしていたことを認めさせるところまできた、と。

水戸部が補足した。江間電気商会、現在のエイマックスの社長一族の家族の確執から、現社長である江間敏弘が、兄である江間和則を殺そうと企み、幼馴染みのワルである畑後に轢き殺すことを依頼したのだと考えうると。

吉田が言った。

「ということは、ここまでの捜査では、畑後は実行犯、江間が教唆《きょうさ》犯の可能性がある。供述次第では、ふたりとも殺人の共謀共同正犯だ。ただし、いまふたりの報告を聞く限りでは、立件は相当に難しい。証拠もないようだし、どっちかひとりが関わりを否認したら、どうしようもない」

「最初にお伝えしたように、事故の直後を目撃していた男がふたり出ています。事故当時、被害者の所持品から消えていたロンジンの腕時計を盗んで換金していた男です。現場で、白いワゴン車が急発進していくところを見ていました」

「撥ねた瞬間は？」

「松本という男は見ています」

「もうひとりは何も見ていないのか？」

「そのワゴンがT字路から走り去っていった後に、江間和則が倒れているのを見ています」

「時間差があるのか？」

「ふたりは江間和則を微妙な前後差で尾行していたんです。強盗するつもりで。江間和則がT字路を曲がって、ワゴン車が発進。その部分はふたりとも目撃しています。時間差はなかったようなものです」

「車種、それにドライバーの顔は？」

「車種はふたりとも覚えていません。ドライバーの顔も見ていません」

署長の寺田が柿本に訊いた。

「何かひとつでも証拠はないのか？」

「いまのところは」と柿本は答えた。「畑後が事案の発生時に現場にいたと認めた、その証言だけです。事実上、そのワゴン車を運転していたという意味です」

「それを認めてはいないんだな？」

「轢き逃げの時刻にその場所にいた、ということだけです」

「調書にしたのか？」

「いえ。とりあえず証拠固めのための証言をと思い、相手を警戒させせないように調べましたので」

「取調べとなれば、否定してくる。もう自分がどじったとわかっているだろう」

「その夜の前後の行動、とくに車との関係。そして江間敏弘との接触状況、入金状況など、捜査すべきものがずいぶん絞られました」

「これが過失致死だった可能性はないのか？」

「江間敏弘はおそらく確実に殺すことを畑後に依頼しています」

「半身不随にするだけでも、目的は達せられる。殺人で逮捕状が取れるかな」

吉田が水戸部に訊いた。

「どうだ？」

水戸部は答えた。

「ここまで、江間敏弘にはまったく接触していません。かなり駄目な男の印象は受けますが、堅気です。警察の取調べにも慣れていない。畑後とは違って、殺人事案の重要参考人として取調べられるなら、あんがいもろく、殺人教唆もしくは共謀を自供するのではないかという気がします」

交通課長の広上が、笑うように言った。

「気がする？」

柿本が広上に言った。

「まず当たらせてください。ほんとのことを言うと、畑後を帰す前に江間敏弘から事情を訊いたほうがよかったんですが、ふたりで順繰りにやってゆくしかなかったものですから」

「どういうことだ?」

「事情聴取を受けた、と畑後に連絡されて、江間敏弘が準備を始めないうちに」

「証拠隠滅とか?」

「口裏合わせとか、しゃべることとの整理とか」

「ずいぶんやる気になっているな」

柿本はちらりと水戸部を見てから、苦笑するように言った。

「聞き込みのコツもつかんできて、解決が楽しみになってきてるんです」

吉田が言った。

「畑後が全部ゲロしたとしても、江間敏弘に殺人の教唆や共謀を否認されたら、公判維持は、というか、立件は困難だ。教唆なしなら、殺人罪が成立しない。畑後には動機がないんだ。弁護士も、そこで戦ってくるだろう。つまりあれは道交法違反でしかない。時効だ。起訴までたどりつけない」

柿本が言った。

「地図に、自分はそこにいたと印をつけさせたんですが。待ち伏せしていたんです。殺人です」

吉田は首を振った。

「その地図、証拠採用はされないだろう。逮捕した上での取調べの中なら、録画もできたから証拠能力はあったかもしれないが」

寺田が言った。

「畑後を別件で引っ張って、なんとか詳細な供述を取りますか？」

吉田は反対した。

「こういう事案では、正面から行きましょう。構図は見えてきた。的を絞っての捜査なら、証拠となりうるものが、このあと出てくるかもしれない。自供を取るよりも、そっちだ」

「二十七年前の事案です。どうしても出てこなければ？」

「地検に不起訴にされるくらいなら、立件断念を選んだほうがいい」

水戸部は吉田を見た。やはりこの事案は、それも想定しておくべきか。

吉田が水戸部にうなずいてきた。それを覚悟しておけ、の意味だろう。

そもそも特命捜査対策室が手がける事案は基本的に、重要参考人がいて、ただし決定的な証拠がない、という案件に限定されていると言っていいようなものだった。この事案は、これに該当しない。

重要参考人が特定されている事案であっても、特命捜査対策室が専従捜査員を投入したところで、解決に至った率は、それこそごく少ないのだ。お手上げを認めて終わることもあるし、被疑者死亡で決着がついた事案もある。

吉田の慎重過ぎるとも見える態度も、わからないでもなかった。

寺田が柿本に顔を向けて訊いた。

「もし畑後を引っ張ったら、供述以外に何が出る？」

柿本が答えた。

「畑後が白いワゴンを持っていたことを示す書類とか、カネの受け渡しのメモ。振込み記録。江間敏弘が指示した依頼書」

吉田が言った。

「そんなもの、作るわけがない。構図がわれわれの解釈通りだったとして、指示は全部口頭だろうし、現金の直接のやりとりだ」

寺田が言った。

「うちの捜査員のひとりを、立件できないとわかっている事案のために、これ以上振り向けるわけにはいかない。ただでさえ、うちはひとが足りていないんだ。これはやっぱり、特命独自でやってもらうべきでは？」

水戸部はテーブルの上の自分の手帳に目を落とした。先日は、刑事事案の可能性があるとわかったところで、万世橋署側は合同捜査を提案してきた。いま、立件が難しいとの判断が出てくると、特命でやれと言い出す。なんとも実際的だ。

吉田が言った。

「できるだけ早く、見極めをつけよう」

柿本が言った。

「とにかく、江間敏弘には当たらせてください」

吉田が水戸部に目を向けたので、水戸部も言った。

「江間敏弘から聴取したあとに、判断するのでいいかと思います」

「そうだな」

検討会議はそこで終わった。

8

週明けの午前九時三十分に、水戸部と柿本はエイマックスの本店に入った。

ビルの最上階のオフィス・フロアではちょうど社員たちを起立させての社長訓示の最中だった。

エレベーターにもっとも近い席の中年の女性社員が小声で用件を訊くので、柿本が名刺を出した。

「社長に三分だけお目にかかりたくて」

「もう少しだけお待ちください」

江間敏弘がこの様子に気づいて、訓示を切り上げた。

水戸部たちは社長室に通された。

江間敏弘は、背が高く、歳の割りには頑健そうな体型だった。肥満ではない。薄めの銀髪だった。若いときに格闘技をやっていたと聞いたが、その面影は十分にある顔立ちだ。

江間敏弘は水戸部たちに応接セットの椅子に腰掛けるよう勧めたが、水戸部たちはこれを遠慮した。

「うちの常務が、万世橋署に何か訊きに行ったようでしたが、同じ件かな？」

「いえ」柿本が言った。「別件です。一時間ばかり、万世橋署でお話を伺わせてもらうことはできますか？」

「交通違反とか何かですか？」

「交通事故ですね」

「わたしは、事故には遭っていないな」

「いえ」柿本は首を振った。「ここではなんですので、向こうで詳しく」

江間敏弘は、デスクの電話機に手を伸ばした。

「ちょっと万世橋署に行ってくる。一時間で帰ってくる。あの件は頼むな」

柿本が言った。

「ご足労恐縮です」

「歩いて行くの？」

「申し訳ありません。百五十メートルなので」

万世橋署に向かうあいだ、敏弘は訊いてきた。

「うちの常務は、どういう用件だったんだろう」

水戸部が答えた。

「遺失物が出てきたってことで、その法的処理の手続きの件だったようです」

「遺失物？」

「大事なものを失くされていたとのことでした」

「何だろう?」

畑後から、万世橋署で古い一件について訊かれた、と連絡は行っていないようだ。あるいは、とぼけているのか。畑後が先日の聴取で、どれほど危機感を持ったかによるが、危険を察知したけれどもへたに動けば藪蛇《やぶへび》になる、とでも判断したか。

ちょうど中央通りの横断歩道まで来ていた。柿本が話題を変えた。

「再開発のほうは、進んでいるんですか?」

「ああ。どうにかまとまりましたね。調整に長いことかかりましたが」

「秋葉原の様子も変わるんでしょうね」

「秋葉が生き残るためには、やらなきゃならないことです」

万世橋署に入り、チームの会議室に入って、畑後のときと同じ椅子を勧め、同じように飲み物を渡した。

「さて」と、敏弘が言った。表情には余裕がある。あの一件がいま再捜査となっているのを知っているかどうかは、まだ判断がつかなかった。

柿本が、テーブルの上で両手の指を組んで言った。

「お兄さまの轢き逃げの件、これまで未解決で申し訳ありませんでした。じつはあの轢き逃げ事件の目撃者が出てきて、自分はそこにいたという男性も出てきたんです。長いこと未解決でしたけれども、解決する可能性が出てきて、再捜査となっています。それで、被害者の弟さんであった江間さんに、何かいまになって思い出せることなどないか、来ていただいた次第です」

敏弘は、いくらかわざとらしく目を剝いた。

「あれは二十五、六年前にもなる古い話ですよ」

「平成九年。一九九七年の発生ですね」

「なのに再捜査？」

「はい」

「交通事故って、未解決でも時効でしょう？」

「殺人事件であった場合は、そうではありません。生きています」

敏弘が黙ったままなので、水戸部が訊いた。

「何か思い出せることはありますか？」

「いや。とくに何も。兄の轢き逃げがあったとき、わたしはたしか知人たちとお酒を飲んでいた。その知人たちの名前を知りたいのなら、少し時間をもらえば思い出せますが」

「畑後勇太という男性をご存じですか？」

「ああ、畑後なら知っています。地元の人間だし、小学校が一緒だ」

「小学校だけですか？」

「ううんと、中学も同じでしたね」

「大人になってからは、おつきあいは？」

「偶然会えば、あいさつくらいはしますよ。幼馴染みだから。ただ、ここ二十年ばかりは、畑後も引っ越して、少し疎遠になっているけど」

「親しくはない？」

「地元のつきあいがあっただけです。地元の行事とか、神田明神のお祭りとか、そういうときに会っていた程度で。あいつ、刑務所に入ったくらいのワルですしね」

柿本が合図したので、水戸部はテーブルの上に用意しておいた紙封筒から、一枚の写真プリントを引き出した。先日水戸部のスマートフォンで写したものを、大きくプリントしたものだ。壁に張られた地図の左右に立つ柿本と畑後。

「この人物ですよね」

敏弘はプリントを手元に引き寄せて言った。

「ああ、そうだ。畑後だ」

「畑後さんは、成人してからも敏弘さんとはつきあいがあったと言っているんですが」

「だから、それは、地元の何かかにかの行事とかでということだろう。このあたり、地元のつながりは深いよ。東京のよそのエリアとは違って」

「ということは、つい最近も？」

「最近はないけど」

「お兄さんが轢き逃げされたころはいかがです？」

「ないな。あのときは、歳ももう三十代なかばだった」

「この写真、万世橋署の管轄エリアの地図の前で撮ったものなんですが、畑後さんはこの地図で、お兄さんが轢き逃げされた日に自分はそのすぐ近くにいたと、地図に印をつけたんです」

質問にせずにそこで言葉を切って敏弘を見つめた。敏弘は見つめ返してくるが、かなり当惑している。畑後がすでに敏弘に聴取の件を連絡していたとして、敏弘は畑後がどこまで事実を語ったのか、それがわからないということだろう。

「それで？」と敏弘が言った。「畑後も何か目撃していたんですか？」

「捜査中のことですので、お話しはできないのですが、何かお兄さまの事故のことでつけ加えることがあれば」

「何も。畑後があのとき現場にいたとは知りませんでしたが、警察は畑後が兄を轢き殺したと考えているんですか？」

「いいや」

水戸部は答えずにさらに訊いた。

「畑後さんから、お兄さまが轢かれた夜、自分はその場にいた、と話を聞かされましたか？」

「お友達なのに、その話題が出なかった？」

「聞いていないですね」

「友達の兄弟の事故死です。大事件かと思いますが」

「畑後が口にしなかった理由はわかりません」

「一度も？　地元のおつきあいがあったのに？」

「ないな。畑後は、兄がそこで轢かれたことを知らなかったのかもしれない」

「その時間帯にいた、との話でしたよ。記憶を呼び起こすお手伝いをしているうちに、自分はそのとき、そこにいたと。固有名詞を出すことは避けていますが」

「そこにいたって、どういう意味なんでしょう?」

「どう思われます?」

「偶然通りかかった、ということでしょうか。明神下のあのあたりも、あいつは子供のころからよく知っていたはずだし」

「通りかかったというのは?」

「ん? 車の話なんですよね?」

「何も言えないんですが。何か聞かれています?」

「いえ。車で通りかかったということなのかと。それで、畑後を逮捕するんですか?」

水戸部は、畑後がやはり先日の聴取のあとに敏弘に連絡していたと確信した。

水戸部は訊いた。

「逮捕されていない、と思うのはどうしてです?」

「あ、いや。なんとなく話の流れから、そうだと思いましたが。逮捕されていないんですね」

「していません」

「畑後はあの事故現場を通りかかって、事故を目撃したということなんでしょうか?」

「まだなんとも。古い話ですし。江間さんのほうでも何か思い出したことなどありませんか?」

「そう突然言われても。思い出せることは、あのとき全部話しているしなあ」

「お兄さまと畑後さんとは、何かトラブルのようなことなどあったのでしょうか?」

敏弘は目を丸くした。本物の驚きの反応と見えた。警察がその可能性を疑うとは、これまで思ったことはないようだった。

「あ、そういえば」と敏弘。

「何か」

「小学校は一緒だったから、何かあったのかもしれないなあ」

「お兄さんより三つ年下ですよね」

「喝上げはできなくても、金目のものをがめることはできるでしょう。あのころの小学校の番長みたいなのとくっついていたのかもしれない。兄は、脅せば店の商品なんか持ち出せたから」

「もう少し歳がいくと、直接喝上げをやったりしていましたか？」

「いや、どうだろう。そういうトラブルがあったとしても、それがあのときまで続いたりはしないかな。わかりませんが。それより」敏弘は話題を変えた。「目撃者が出てきた、とのことでしたね。それは事故の瞬間を目撃したってことなんですか？」

「詳しくは申し上げられませんが、再捜査する理由にはなるだけのことを目撃しています」

「じゃあ、いよいよ解決なんですね」

水戸部の返事は一瞬だけ、一秒の十分の一かそのあたり、遅れてしまった。

「そうですね」

柿本が言った。

「畑後という男とお兄さまとのトラブルについてはよくわからないとして、お兄さまは会社とか地元の同業者とのあいだなどに、トラブルなどはありませんでしたか？」

「会社って、江間電気商会の中にってことですか？」

「ええ」

「いや。何もないですよ。兄は温厚だったし、社員に対してもパワハラとかセクハラはしない男でしたからね。会社の中で恨みを買ったりってことは、絶対にありません」

「地元の同業者さんとのあいだでは？」

「やっぱり何もないと思うなあ。ひととトラブルを起こすようなタイプじゃなかったんです、兄は」

「プライベートではいかがでしょう。入っていたアマチュア・オーケストラとか、そのほかの私的な交遊関係の中では」

「どうでしょうねえ」敏弘の目が一瞬光ったように見えた。「あのオーケストラを辞めるとき、何かあったのかなあ。長く続けてきた趣味だったのに。兄は私生活については秘密主義で、身内もよく知らなかったんです」

「秘密主義？」

「弟のわたしもよくわからない面を持っていました。姉は何か言っていました？」

「それはそれとして、よくわからない面というのは？」

「兄は轢き殺されたとき、独身でした。三十八歳だったんですよ」

「轢き殺された？」

「ん？」敏弘は少し動揺を見せた。「それで再捜査なんでしょう？　事故じゃなく」

「まだなんとも」

「殺人事件とおっしゃっていませんでした？」

「可能性が出てきたということですね」

「とにかく兄は亡くなったとき独身でした。もてただろうに、結婚相手が見つからなかったはずはないのになあ。何かあったんだろうなとは想像していたんですが」

「何かとは？」

「人間関係が面倒なことになったかと。兄は敵を作らない人間でしたから、それが仇《あだ》になったのかと、いまちょっとそんなふうに思いましたね」

「仇になったというのは、具体的には？」

「いや、兄がそうだったというわけじゃなくて、一般論としてですが、誰にもいい顔をする人間って、けっきょく誰かの恨みを買いませんか？」

「よくわかりませんが」

「たとえば男女関係であれば、自分が恋人だと思っている女性が何人もできてしまうとか。その場合、女性同士で憎みあったり、男を恨んだりするなんてことがあるでしょう？」

敏弘は、兄がゲイであったことを知らないこととして話している。しかし、知らなかったはずはないだろう。江間和則が敏弘には打ち明けてはいなかったにしても。

柿本がさらに訊いた。

「具体的なそのようなトラブルをご存じでしたら、話していただけますか？」

「いや、思いついただけのことです。何にも知りません」

「何も？」

「全然です。わたし、身内のことで余計なことを言ってしまいましたね。すみません、忘れてください」

「いや、もし何かそう思わせるようなことがあったのなら、ぜひ教えてください」

「いや、知りません。ついつい想像にまかせて言ってしまった」

「もしそういうことがあったとしたら、誰に話を伺えばいいでしょうかね？」

「家族は誰も知らないいんじゃないかな。兄は、秘密主義と言いましたが、会社での顔と、プライベートな顔を使い分けていた」

「私生活に何か秘密でもあったかのように聞こえますが、そういう意味ですか？」

「いえいえ」大げさに敏弘は顔の前で両手を振った。「姉弟にも私生活は見せなかったってことです」

「まったく、私生活が百パーセント秘密だったということではありませんよね？」

「もちろんちょっと耳にしたようなことはありますよ。兄は音楽が趣味で、アマチュア・オーケストラに入っていたことは知っていますし、湯島のほうにお酒を飲みに行っていたはずです。ラスベガスにも何度か行っていた」

「それは、家電業界の見本市ではなくて？」

「ラスベガスで、見本市だけ見て帰ってくる人間なんていますか？　ギャンブルやりたいからみんな行くんですよ。兄は、仕事の名目でラスベガスに行くのが大好きだった」また敏弘はかぶりを振った。「いや、ほんとに、何の根拠もない話をしてしまいました。すみません」

言葉とは裏腹に、捜査を誤った方向へ誘導する気のようだ。

スマートフォンの着信音が鳴り出した。敏弘のスーツのどこかからだ。敏弘は内ポケットからスマートフォンを取り出して、水戸部たちに失礼とひとこと断ってから耳に当てた。

「おれだ。うん。うん。え？」

敏弘は腕時計を見た。

「あ、じゃあ、いま戻る。待たしておいてくれ」

通話を切ると、スマートフォンを内ポケットに戻しながら敏弘は言った。

「すみません。会社のほうに大事な客が来てしまった。いったん社に戻らせていただけますか。一時間、いや四十五分で戻って来れると思うんですが」

柿本が水戸部を見た。水戸部がうなずくと、柿本は敏弘に言った。

「はい、きょうはもうこれでお帰りください。かまいません。ありがとうございました」

敏弘は会議室のドアを開けてから一礼し、エレベーターの方へと歩いていった。

柿本が時計を見てから言った。

「こういう場合は、部下に、三十分後に電話するように言って出てくるんでしょうね。その合図には気がつかなかったけれども」

水戸部は苦笑してうなずいた。

「それにしても、他人に罪をかぶせられると気づいた瞬間からの、頭の回りも早かった」

「畑後を売る気満々でしたね。被害者の交遊関係の中に真犯人がいるとも匂わせた」


翌日、もう一度万世橋署に、吉田室長がやってきた。

再捜査を継続するか、立件を断念してチームを解散するかを協議するためだ。

万世橋署からは、前回と同じく署長の寺田と、交通課長の広上が出席した。水戸部と柿本はもちろんである。会議の場所は、署長室だった。

水戸部と柿本は、江間敏弘からの聴取の中身を報告した。柿本の口頭での報告を、水戸部が補足するかたちだった。

ふたりの報告が終わると、寺田が訊いた。

「それで、立件できると？」

柿本が言った。

「まだなんとも言えません。昨日の会議でも質問された証拠が、そもそもあるかどうかも、いまはわからない状況です」

寺田が水戸部を見つめてきたので、水戸部は答えた。

「江間は、もう畑後が何を証言しようと否認する気になっています。絶対に教唆も共謀も認めないでしょう。その証拠も出るような感触はありません。また、被害者のプライベートな交遊に疑惑が向くように必死という印象を受けました。そちら側を掘っていっても、絶対に自分とは関係しない自信があるようです」

「結論を言うと？」

「すでに構図はわかっています。特命で専従捜査員をひとチーム投入できれば、何かしら出てくる可能性はないではないと思います」

「どの程度の確率だ？」

「それは」水戸部は答に詰まった。確率で考えてはいない。「つぶすべき可能性は、十前後は上げられます」

寺田が鼻で笑った。

「無駄玉を撃つだけだ。対策室だって、それにひとチーム振り向けることができるほど暇じゃないだろう」

柿本と広上が吉田を見つめた。吉田は始まってからずっと腕を組んだままだ。ひとことも発していない。広上も、無言を続けている。

水戸部には、吉田はすでに結論を出してきたのではないかという気がした。寺田がいま言ったことは、正論だ。この事案で、解決の目途も立たないまま、ひとチームを再捜査に当たらせるのは苦しい。

全員が、吉田を見つめている。

吉田は腕組みを解くと、天井を見上げてから言った。

「合同再捜査は、ここで打ち切りだ」

少しのあいだ、万世橋署署長室には沈黙が満ちた。

9

水戸部は解散したチームの部屋に、四週間ぶりに入った。

今朝、柿本から電話があり、来てくれないかと言う。江間美知子が、万世橋署にやってくるとのことだ。

柿本が、何か新しい情報などが出たかと確かめると、そうではないと美知子は答えた。ただ、ご相談したいことが、と言うのだという。捜査の進展状況を確かめたいのだろうと柿本は推測した。ただ、そのように用件を伝えると、話すわけにはいかないと突っぱねられてしまう。それで相談という言葉を使ったのだろうと柿本は考えた。それで、同席してほしいと水戸部に電話してきたのだ。約束の時刻は一時間後とのことだったので、水戸部は警視庁本庁舎から急行してきたのだった。

すでに部屋には、柿本と江間美知子がいた。

向かい合っている。美知子の表情は固そうだった。

江間美知子にあいさつしてから、柿本に訊いた。

「どのあたりまで?」

美知子が答えた。

「まだ何も。じつは相談というよりは、捜査がどこまで進んでいるか、教えていただけないかと思ってやってきたのです。もうここで和則のロンジンを見ていただいてから、五週間ほど経ちます。社長の事情聴取も、やはりひと月近く前のことになりますね？」

江間敏弘をこの部屋に呼んだことは知られているのだ。社員から伝わったのだろう。

「たしかにそうです」

「この会議室の様子も変わりましたね。もしかして、捜査本部は解散ですか」

もともと設置されているわけではないが、美知子が言っている意味もわかる。捜査チームはなくなったのだな、という意味だ。再捜査は終わったのだと。

「ええ」と、柿本が少し苦しげに言った。「精鋭だけが残って、捜査を続けています」

「率直におっしゃっていただきたいのですが、和則の轢き逃げ殺人事件は、近々解決しますか？」

「捜査の進み具合については申し上げることはできません」

「精鋭だけが残った、というのは、縮小した、ということですね？」

「必ずしもそういうわけではありませんが」

「わたしはたとえば、来年四月の父の命日に、父の墓前に事件の解決を報告することはできるのでしょうか？」

柿本が困ったように水戸部に目を向けてきた。

水戸部は、これは許される範囲のことだろうかとためらいつつ、美知子に言った。

「もし命日の法事で、遠くのご親族などにも声をかけたい、というようなことであれば、その準備はしなくてもいいかと思います。いまは、ですが」

美知子が水戸部を見つめてくる。意味はわかってもらえたろうか。父親の四月の命日までには、到底事案解決の目途は立っていないのだ。轢き殺したドライバーも、ドライバーに殺人を請託《せいたく》した黒幕も逮捕されることはない。そう担当捜査員が言ってしまった以上、その先もそのふたりが逮捕されることはない。この轢き逃げ殺人事案は、永久に未解決なのだ。

美知子のこわばっていた顔が少し歪《ゆが》んだ。美知子は二、三回瞬きして、水戸部をあらためて正面から見つめてきた。

彼女は、乾いた低い声で訊いた。

「警察は、真犯人の見当もついていないのでしょうか」

水戸部は答えた。

「なんとも申し上げられません」

否定していない。それを理解してくれ。真犯人は、あなたが想像している人物だ。

美知子はまた訊いた。

「それとも、法律では真犯人を捕まえて裁判にかけることができないという意味なのでしょうか」

そのような問いであれば、答えられた。

「警察の捜査も、犯罪者の逮捕も立件も、そして起訴も公判も、すべて厳格に法律に従って進められます。一般論で言えば、法的に必要な条件を完全に満たさない限りは、刑事事件は事件として解決できないのです」

美知子は水戸部を凝視してくる。もう瞬きはしていない。懸命に水戸部の言葉の真意を探ろうとしているかのような視線だった。

やがて美知子はうつむき、唇を嚙《か》んでから顔を上げた。

「ありがとうございました」

その目に、いましがたまではなかった強い光があることに気づいた。美知子はいま何か心に決めたのか。だとしたら、それは何だ?

それが見極められないうちに美知子は首をさっと振り、水戸部と柿本に一礼して会議室を出ていった。


それから三日後の夜だ。

水戸部は午後の九時三十分にＪＲの尾久《おく》駅に下りた。午後から冷たい雨が降り出してきている。水戸部はショルダーバッグから折り畳みの傘を取り出した。

いま水戸部は、西尾久《にしおぐ》にある警視庁の官舎に住んでいる。今夜は同僚と、新橋《しんばし》の居酒屋で少し酒を飲んできたところだった。江間和則轢き逃げ事案の後はべつの担当を命じられておらず、少し夜の時間には余裕ができていた。

駅舎から歩き出そうとしたところで、スマートフォンに着信があった。

江間美知子からだった。名刺は渡していたし、念のために彼女の名刺にあった社用携帯電話の番号も登録してあった。でもこの電話にかかってきたのは初めてだった。

すでに終わった事案のつもりでいた。何か？　重大事か？

スマートフォンを耳に当てて名乗った。

「江間電気商会の江間です」と江間美知子が言った。少し思い詰めたような声。

「何かありましたか？」

「あの、はい、刑事さんは、いま秋葉原の近くにいます？」

「いま、もう退庁して自宅の近所です。尾久ですが」

「これから秋葉原に来ることはできますか？」

「何か緊急のことでも？」

「いえ、緊急というわけでもないですが」

「和則さんの件ですね？」

「そうと言えばそうです」

「何かありました？」

「いえ、これからあるかもしれなくて」

「何があるんです？」

「秋葉原には来ていただけませんか？」

「重要な情報が出たということでしたら、明日一番にお伺いしますが」

「明日では、どうしようもないのです」

「そんなに切迫したことですか？」

「ええ、まあ」

美知子の言葉は歯切れが悪かった。水戸部は少しだけいらだった。

「あの、どうでしょう、万世橋警察署に電話するのは？　柿本刑事か、もし柿本刑事が不在でも、交通捜査係に電話すれば、今夜聞いてくれるかもしれません。とりあえず今夜どうするか、適切なアドバイスももらえるでしょう」

美知子は小さく溜め息をついた。親身にはなってくれないのですねと、水戸部は非難されたように感じた。しかし、いまの話では。

「そうですね。そうします。失礼しました」

通話が切れたのを確認してから、水戸部はスマートフォンを上着のポケットに収めた。

折り畳み傘は小さすぎて、顔にも雨がかかった。水戸部はこの雨をいまいましく感じながら、官舎への道を歩き出した。

自宅で風呂から上がり、居間でテレビニュースを観ているときだ。またスマートフォンに着信があった。室長の吉田からだった。

「いまどこだ」と、吉田はいきなり訊いてきた。

「官舎です」

「江間美知子っていう、江間電気の役員が殺されかけた。万世橋署が、殺人未遂で実の弟の江間敏弘を現行犯逮捕した」

「殺人未遂？」

江間敏弘が江間美知子を殺そうとした？

水戸部は確かめた。

「殺されかけたというのは、助かっているんですね？」

「ああ。日大《にちだい》病院に運ばれたが、無事だ」

「何があったんです？」

「神田川に突き落とされたんだ。江間美知子と江間敏弘は、神田ふれあい橋っていう歩行者専用の橋の上でもめたようなんだ」

「こんどの件で知りましたが、あの橋は万世橋署のごく近くですね」

「ああ。たまたま万世橋署のあの柿本がそばにいて、すぐに神田川に飛び込んで助けた」

柿本がたまたまそばにいた？　たまたま？　そしてこの冷たい雨の降る夜に、神田川に飛び込んだ？

さっきの美知子からの電話を思い出した。あれは、水戸部に、これから起こるかもしれないトラブルに備えて、近い場所にいてくれということだったのか？

江間美知子はその殺人未遂に発展するかもしれないようなトラブルが、ふれあい橋で起こることを予期していたのか？　でもあの橋は、たとえきょうのような雨の夜でも、多少はひとの通行があるだろう。それに秋葉原はクリスマス商戦の真最中でもある。つまり目撃者も確実にいるような場所だ。橋の上に監視カメラもあっておかしくはない。そこで殺人未遂事案が発生するか？　よく事情が呑み込めなかった。ともあれ、あの件の急展開なのかもしれない。

吉田が続けた。

「万世橋署の捜査係が、弟を取り調べている。水戸部も病院に行って、江間美知子から事情を聞いてくれ。話はできるそうだ。あの件と、たぶん関係する事案だ」

「はい。支度し直して、少し時間がかかるかもしれません」

「尾久署に協力を頼む。官舎の入り口にパトカーをやるんで、行ってくれ」

「はい」

台所にいた妻の美樹が、居間に出てきてやりとりを聞いていた。

スマートフォンをテーブルの上に置くと、美樹が訊いた。

「行くの？」

「ああ」水戸部は答えた。「このあいだ再捜査していた一件だ。それに関係した話のようだ。姉弟で殺人未遂」

「姉弟で？」

「二十七年前の轢き逃げ、家族の中で起きた刑事事案だった」

「朝まで？」

「深夜には帰れると思う。寝ていてくれ」

十分後に、水戸部は官舎を出た。エントランスのすぐ前に、パトカーが停まっていた。神田駿《かんだする》河台《がだい》の日大病院まで、十五分くらいで行けるだろうか。いや、いくらサイレンを鳴らして走ってもらったとしても、もっとかかるか。

日大病院のその病棟の待合室に、柿本がいた。上下スウェット姿だ。サンダルを履いていた。

彼は水戸部の視線に気づいたか、弁解するように言った。

「神田川に飛び込んで、江間美知子を助けたんです。とりあえず、ありあわせのものを着てる」

「江間さんは?」

「外傷はありません。水に落ちたときの打撲だけ。背中を打っていますが、二日ぐらいで退院できるそうです」

「圧迫痕とか、擦過《さっか》痕とかも?」

「聞かなかったな。あっても深刻なものじゃないんでしょう」

「何が起こったんです?」

「きょう、弟とトラブルがあるかもしれないんで、近くにいてほしいって言われたんです。弟とは、ひと目もあるふれあい橋のそばで会うことにしたとのことで。声の調子が切迫していると思ったんで、その通りにしました。ふれあい橋のたもとで隠れて待っていて、ふたりが来てからは、何か危ないことが起こったら飛び出していくつもりでしたよ」

説明しながらも、柿本の顔には何か疑念があるようにも見えた。

「ふたりが、橋の上で何やら言い合いを始めた。長い時間じゃない。そのうちに、ふたりが揉み合いを始めたように見えた。ふたりとも、傘は放り出した。書類みたいなものも散らばり出した。江間美知子は、叫んでるんだ。やめて！　助けて！　殺される！　飛び出していったら、おれの目の前で江間美知子の身体が手すりを越えて、川に落っこちた。おれは江間美知子の身体が浮かんだところを確認してから、飛び込んだ」

「手すりを越えて、という言い方に意味はありますか？　敏弘が持ち上げて落としたんじゃなくて？」

「そこがはっきりわからない。暗くて、雨が降っているんだ。揉み合っていて、江間美知子は逃げようとしたのかもしれない。いずれにせよ、落っこちた。橋の反対側には通行人もいて、女性が悲鳴を上げた。敏弘のほうはおれに対して、違う、何もやってない、落としていないって、必死の調子で言っていた」

「柿本さんが、あのときの刑事であることに気づいて？」

「いや、どうかな。思い出したという顔じゃなかったかな」

「神田川のあのあたり、岸がコンクリートですよね。簡単には上がれなかったでしょう」

「壁に鎖がつけられている場所を覚えていた。江間美知子も意識はあったし、そこまで江間美知子を引いていって、救助を待った。ありがたいことに、万世橋署がすぐ近くだった。目撃者も多いから、すぐに引き上げてもらったんです」

「じつは、わたしにも九時半過ぎに、秋葉原に来てもらえないかって電話があったんです。事情を言わないし、時間も時間なんで、万世橋署に電話したらどうかと答えたんですが」

「それでわたしに指名がかかったのか」

「殺人未遂、確かでしょうか」

「そこは」柿本は首を振った。「わからない。江間電気の社長が、ひともいたあの場所で、やるだろうか、とは思うな。衝動的、突発的にそんなことをするキャラじゃないと見えたし」

待合室に、白衣の中年男がやってきた。柿本に目を向けてくる。医師なのだろう。柿本が立ち上がった。

医師が言った。

「いまは五分だけでお願いできますか」それから水戸部に目を向けてきた。「おふたり？」

柿本が言った。

「ふたりとも、江間さんとは面識があるんです。容態はいかがです？」

「鎮静剤を服《の》んでもらっています」

待合室にひとり、スーツ姿の初老の男が入ってきた。ひと目で捜査員とわかる男だ。

柿本がその男に会釈した。

その男は柿本に言った。

「江間敏弘は、殺意も神田川に突き落としたことも認めていない。殺人未遂否認だ。こっちは？」

万世橋署の捜査員のようだ。

「これから五分だけ」と柿本。

「おれも一緒にいていいか」

医師が首を振って言った。

「おふたりだけで、よろしく」

医師が廊下を先に立って歩き出した。


江間美知子は点滴のスタンドにつながれる格好でベッドに横になっていた。背も起こしていない。水戸部と柿本があいさつしても、あまり鋭敏な反応ではなかった。

柿本が訊いた。

「きょう、何が起こったか、かいつまんで教えていただけますか。それだけ伺えたら、そこで失礼します」

美知子が訊いた。

「社長はどうなりました？」

「逮捕です。殺人未遂現行犯ということで。何があったんですか」

「社長とは、きょう会社の使途不明金や粉飾決算のことで、きちんと話しておきたかったんです。来週には、うちを買収する交渉が進んでいる中国の企業家が東京に来る予定なんです。その前に解明しておこうと思って」

「あの橋で？」

「いいえ。資料が膨大《ぼうだい》なものになるから、どこか貸し会議室でも取ろうと言われました。わたしはひと目のある場所がいいと思ったんですが、社長は社内も嫌がり、きょう午後、雨が降り出してから、あの橋を提案してきました。そこから適当なところに移動しようと」

「それはメールでのやりとりですか？」

「いいえ、会社では逃げ回るので、そのつどわたしから電話して」

「ふれあい橋の上というのは、何か意味があるのですか？」

「わかりません。あ、そういえばあの橋が歩道橋として使えるようになったとき、記念の開通イベントは社長が仕切りました。そのころうちの宣伝部門にいて、アイドルなんかを呼ぶことなどにも伝があって。いい思い出がある場所ですから、ゲンを担ぐつもりだったのでしょうか。わたしは何となく胸騒ぎを感じました。天気も悪いし、時間も時間です。十時の約束だったんです。忙しいのでとのことでした」

「そうして橋の上で江間さんが待っていたときに、弟さんがやってきて」

「はい、使途不明金と粉飾決算のことをわたしがなじると、急に態度を変えて、いまこの時期になっておれを破滅させる気かと、いきなり裏帳簿を奪おうとしたんです。その裏帳簿はわたしが見つけたものです」

「揉み合いになりました？」

「ええ。わたしが帳簿を落としてしまうと、社長はわたしを手すりから投げ出そうとしたんです。殺してやる、と言われました。わたしは必死で抵抗して」

言葉が切れた。

水戸部たちは黙ったままで美知子を見つめた。

美知子は首を振った。

「ごめんなさい。そこから覚えていません。気がついたら、岸に引き上げられたところでした」

声が苦しげだった。

医師が横から言った。

「そこまでにしてください」

水戸部たちは、美知子に礼を言って病室を出た。

エレベーターの中で柿本が訊いた。

「どう思います？」

水戸部は少し考えてから答えた。

「万世橋署の事案です。わたしは関わることはできません」

「これ、敏弘をじっさい殺人未遂で立件できますかね。監視カメラもある場所で、揉み合って手すりから突き落としたと証明できるかどうか」

「江間美知子さんのいまの証言、事実通りではないと？」

「それを証明するのは、けっこう難しいかと」

「最強の目撃者は、柿本さんですよ。使途不明金や粉飾決算の証拠もある。立件はできるでしょう。公判は、検察がどんな情状証人を探し出せるかにかかるかもしれないけれど」

待合室に出ると、先ほどの捜査員がスマートフォンを耳から離したところだった。

その捜査員が、近づいてゆく柿本に言った。

「人命救助で署長表彰は確実だな。うちの係長も、その場にいた経緯を知りたがってる。次の異動じゃ、刑事部門に行くんじゃないのか」

柿本は微笑した。

「だとうれしいですが」

「あの古い轢き逃げのからみなのか?」

「あれの再捜査の結果みたいなものです」

水戸部は柿本に声をかけた。

「わたしはこれで」

「帰ってしまうんですか?」と柿本。

「現場を見に行きます。明日、うちの室長にも報告するんで」

「現場検証、まだ終わっていないかもしれない」

「かまいません」

水戸部は柿本にあらためて目礼して、日大病院のビルを出た。

ここからいったん御茶ノ水駅のお茶の水橋側に出て、神田川南岸に沿うかたちで東に進めば、ゆるい坂道を下った先が昌平橋。ついで万世橋だ。その先にＪＲのいくつもの路線の橋が固まっていて、ふれあい橋は東北新幹線の鉄路の橋の向こう側にある。タクシーを使うほどの距離でもない。

雨は、さっき西尾久をパトカーで出たときよりは弱くなってきていた。そろそろ上がるのかもしれない。

歩きながら、水戸部はつい先日の、捜査の進み具合を訊ねてきたときの美知子の様子を思い起こした。

江間美知子は、水戸部がほのめかした事実を正確に理解し、ならばと自分が次にすべきことを決めたのだった。あのときの彼女の目に見えた決意はそれだ。

次弟に、彼が犯した行為の帳尻合わせをしてやること。それを彼女はやってのけた。

柿本が言うように、殺人未遂での立件は難しいかもしれないが、スキャンダルとなるだけで、江間電気商会やエイマックスの経営状態まであらいざらい報道される。買収交渉は頓挫《とんざ》し、身内の株主とのあいだに御家騒動も起こるのではないか。江間敏弘は、その逆風をうまくかわすことはたぶんできない。

江間敏弘の、実業家としての生命は、江間美知子が神田川に身を投げた瞬間に終わったのではないか。

水戸部は苦笑した。

自分はいま、江間美知子が神田川に身を投げた、と言葉にしてしまった。この事件の真相は、確実にそこにあるに違いないのだが、自分はこれを絶対に、公的な場では、つまり取調室や法廷では、いや、刑事部屋でも口にすることはないだろう。

ふと雨の音が消えた。

初出　オール讀物
　二〇二三年十二月号〜
　二〇二四年七・八月特大号
カバー写真　上　深野未季
　　　　　　下　文藝春秋所蔵
装丁・図版　永井翔

佐々木譲（ささき・じょう）

一九五〇年、北海道生まれ。七九年、「鉄騎兵、跳んだ」でオール讀物新人賞を受賞。九〇年、『エトロフ発緊急電』で日本推理作家協会賞、山本周五郎賞、日本冒険小説協会大賞を受賞。二〇〇二年、『武揚伝』で新田次郎文学賞を受賞。また一〇年には『廃墟に乞う』で直木賞を受賞。一六年に日本ミステリー文学大賞を受賞する。ほかの著書に『ベルリン飛行指令』『笑う警官』『帝国の弔砲』『警官の酒場』『左太夫伝』などがある。

秋葉《あきば》断層《だんそう》

二〇二四年十一月三十日　第一刷発行

著者　佐々木《ささき》譲《じょう》
発行者　花田朋子
発行所　株式会社 文藝春秋
〒一〇二―八〇〇八
東京都千代田区紀尾井町三―二三
電話　〇三・三二六五・一二一一（代表）
印刷所　TOPPANクロレ
製本所　若林製本
組版　萩原印刷

ISBN978-4-16-391920-1

佐々木譲〈特命捜査対策室〉シリーズ

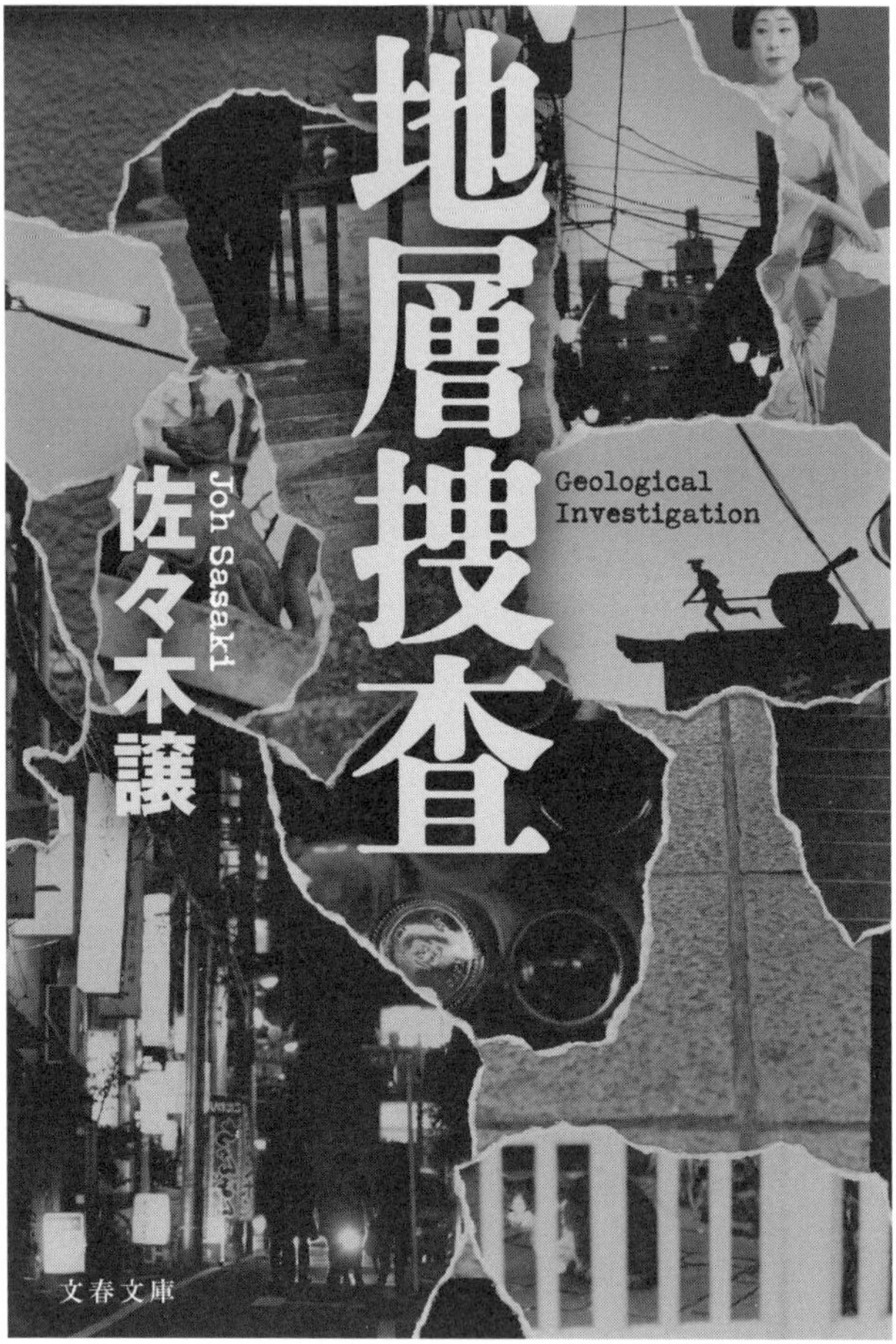

地層捜査

二〇一〇年、時効撤廃を受けて設立された「特命捜査対策室」。たった一人の捜査員・水戸部は退職刑事を相棒に、新宿・荒木町で発生した未解決事件の深層へ切り込んでゆく。

いずれも文春文庫刊

代官山コールドケース

神奈川県警より先に、しかも隠密に十七年前の代官山で起きた女性殺しを解決せよ。性犯罪を憎む女性刑事・朝香、水戸部の同期で科捜研所属の中島が活躍するシリーズ第二弾。